ALICE

ISA COLLI

ALICE

AMOR, PERDA E RENASCIMENTO

COLLI BOOKS

Administrativo
José Alves Pinto
Anderson Evangelista

Preparação de originais
Cecília Fujita

Revisão
Tais Faccioli
Cecília Fujita

Projeto gráfico e diagramação
Yanderson Rodrigues

Capa
Ryan Casagrande
Yanderson Rodrigues

Edição e Publicação
Colli Books

Dados Internacionais de Catalogação na Publicação (CIP)
(BENITEZ Catalogação Ass. Editorial, MS, Brasil)

C699 Colli, Isa.
1.ed. Alice: amor, perda e renascimento / Isa Colli. – 1. ed. – Brasília, DF : Colli Books Editora, 2025.

233 p.; 15,5 x 21,5cm

ISBN: 978-65-6079-006-3

1. Romance Contemporâneo; 2. Drama Social; 3. Ficção Realista; 4. Literatura Afro-Brasileira; 5. Título

CDD B869.93

Bibliotecária responsável:
Aline Graziele Benitez CRB-1/3129

COLLI BOOKS

LED Águas Claras
QS 1 Rua 210, Lotes 33/36 | Salas T2-0804-0805-0806 |
Águas Claras | Brasília – DF | CEP 71950-770
E-mail: general@collibooks.com | www.collibooks.com

Amou cedo demais.
Perdeu o que nem teve tempo
de viver. E mesmo assim, renasceu.
Alice é a história de quem foi joga-
da no fundo do poço e decidiu subir
com as próprias mãos.

Prefácio

O pêndulo oscila, invisível. Num extremo, o peso do desespero; no outro, a frágil esperança. Alice existe no espaço entre.

Com mais de 30 livros infantojuvenis publicados, Isa Colli lança o seu terceiro romance. Ele chega inspirado em realidades que ela testemunhou durante anos de serviços sociais prestados em comunidades da Região Metropolitana do Rio de Janeiro.

Nesse período, Isa Colli presenciou abandono, medo, preconceito, discriminação, corrupção e violência. Viu pessoas superarem ou sucumbirem à ausência de oportunidades e de direitos. Esbarrou em várias Alices.

Alice, a personagem central da trama, testemunha toda sorte de infortúnios: falta de amor materno, falta de recursos para estudos e para própria subsistência, baixa autoestima, medo. Ainda em formação, e sem quaisquer referências construtivas, a jovem se vê obrigada a decidir o rumo da própria vida e dos irmãos menores.

O ponto de partida e principal cenário da história é a favela do Sapo, um território hostil onde sonhos facilmente se perdem.

Você, leitor, será levado para lá e, se diferentemente da autora nunca vivenciou o cotidiano nas favelas, talvez se confunda com as semelhanças entre a rotina da personagem e as notícias que consome diariamente nas mídias.

No caminho perceberá que um ingrediente está presente o tempo todo na história: a esperança, que paira no ar, vibra no subconsciente de Alice e aparece nas falas muitas vezes ingênuas dos personagens. A esperança, que é forte e alimenta os sonhos.

É possível que se pergunte: o que é ficção e o que é verdade?

Sugiro que chegue à última página. Talvez obtenha a resposta.

Eliane de Santos

Escritora e jornalista pós-graduada
em História do Século XX

Sumário

1 Entre o desespero e a esperança

O pêndulo oscila. De um lado, o desespero; do outro, a esperança. Alice vive entre eles – onde tudo faltava, ela insistia em ser.

O Morro do Sapo parecia respirar com dificuldade. As casas apertadas, de alvenaria improvisada e telhados remendados com lonas, davam a sensação de que tudo podia desabar a qualquer momento. O cheiro de gordura velha misturado com o ar abafado do entardecer se entranhava nas roupas e na pele. Alice subia a ladeira com passos decididos, mas cada metro parecia exigir dela uma parte da alma.

Trazia nas mãos um pacote de fubá e um pedaço de carne envolto em jornal. O suor escorria por sua testa e a camisa puída grudava nas costas. Mas seus olhos mantinham o brilho de quem, mesmo em meio ao caos, ainda acredita em alguma forma de amanhã.

Ao atravessar a porta torta da casa, foi recebida por um silêncio pesado. Os irmãos mais novos estavam esparramados pelo chão, olhos fundos, brincando com tampas de garrafa como se fossem carrinhos. O menor, com os lábios rachados, levantou a cabeça ao vê-la.

— Cheguei, mãe. Trouxe comida – disse Alice, a voz rouca de cansaço e esperança.

A mãe estava sentada num canto, o olhar perdido, cercada por garrafas vazias e uma raiva antiga. Nem se levantou. Apenas estreitou os olhos.

— Conseguiu, é? E fez o quê pra ganhar isso?

Alice apertou o pacote contra o peito como se quisesse proteger sua dignidade.

— Nada. Uma mulher me deu. Disse que eu lembrava a filha dela.

A mãe bufou e tirou o fubá das mãos da filha. Mas, por um segundo, antes de virar de costas, Alice achou ter visto um brilho estranho nos olhos dela – como um pedido de desculpa mudo, que logo se escondeu atrás do velho rancor.

— Então para de drama e vai cozinhar logo. Esses moleques tão à beira de desmaiar.

O pequeno apertou os olhos, tentando segurar o choro. Alice ajoelhou ao lado dele, passou a mão em seus cabelos finos.

— Vai passar, meu amor. Tô aqui com você.

Ela não acreditava mais nessas palavras, mas precisava que ele acreditasse. Ergueu-se com firmeza, foi até o fogão e acendeu o fogo com um palito de fósforo riscado contra a parede. A chama tremeluziu, iluminando por um instante as rachaduras da parede, os olhos atentos das crianças, o semblante duro da mãe.

Enquanto mexia o mingau, Alice sentia o peso do olhar da mãe atrás de si. Sem dizer nada, ela se aproximou devagar, como quem ponderava um gesto esquecido. Estendeu a mão em direção ao caçula, os dedos hesitantes pairando sobre o cabelo desgrenhado do menino. Mas, antes que o tocasse, recuou, fechando o punho como quem recolhe também um afeto velho e envergonhado. Voltou para o canto da sala e acendeu outro cigarro, olhos baixos, como se tentasse desaparecer.

— Eu dou tudo de mim e só recebo grosseria – murmurou, mais para si mesma.

A mãe riu, um som seco, sem alegria.

— Ninguém te pediu pra ser heroína.

Alice não respondeu. Não valia a pena discutir. A dor de ouvir aquilo já não feria como antes. Era uma cicatriz que apenas lembrava quem ela se esforçava para não se tornar.

Mais tarde, já com os irmãos adormecidos no colchão puído, Alice sentou na laje. O vento da noite aliviava o calor sufocante. Olhava o horizonte de luzes distantes, imaginando o que existia além daquele morro. Seu coração, embora exausto, ainda sonhava. Talvez não com milagres. Mas com alguma chance de um futuro que fosse dela.

Ela não esperava ser salva. Queria apenas continuar salvando o pouco que ainda podia amar.

Dona Zefa abriu a janela no mesmo horário de sempre. O sol ainda era raso, mas os ruídos da rua já gritavam futuro. Viu Alice passar

– não pelo corpo, mas pelo jeito de apertar os ombros contra o mundo. Já tinha visto aquele andar antes. Primeiro foi a filha. Depois, uma vizinha. Agora, era a vez dela. O ciclo não pedia licença para recomeçar.

Moradores do Morro do Sapo denunciam abandono do poder público

JORNAL COMUNITÁRIO - Edição 327

A Comunidade do Morro do Sapo completa hoje cinco anos sem acesso digno a saneamento básico.

Moradores afirmam que as promessas feitas pela prefeitura durante a última campanha eleitoral jamais se concretizaram. “A gente vive esquecido aqui em cima, só lembram da gente na época de eleição, quando precisam de voto,”, desabafa Maria das Dores, de 63 anos, que vive na comunidade há mais 30 anos.

O posto de saúde mais próximo está a 40 minutos de caminhada, e nenhuma linha de transporte público atende o topo do bairro.

Crianças e adolescentes enfrentam diariamente longas escadarias deterioradas e sem iluminação para ir à escola — um percurso arriscado e cansativo que reflete o abandono enfrentado por toda a comunidade.

2

A realidade implacável

O som da ameaça vinha antes do grito.

Embora no íntimo soubesse que a educação podia transformar sua trajetória, Alice raramente ia à escola. Aos 13 anos, abandonou os estudos – aprender a ler e escrever parecia irrelevante diante da urgência de sobreviver. Como tantas meninas da comunidade, concluir o ensino médio já seria uma conquista. Às vezes, nem isso. Faculdade, então, era um devaneio distante. As universidades pareciam inalcançáveis desde as favelas, e os custos com transporte, livros e materiais eram impensáveis. "Isso é coisa de gente rica, de quem ganha tudo fácil", pensava. Além disso, a disputa por vagas públicas era brutal, e se preparar para o vestibular exigiria horas que ela precisava gastar em trabalho. Como estudar com a barriga vazia e irmãos a alimentar?

Diante dos empecilhos reais – e dos que a mente criava –, até o básico parecia inalcançável. No entanto, ao assistir reportagens sobre pessoas tão pobres quanto ela que superaram as adversidades e se formaram em Direito, Medicina e outras áreas, sentia um sopro de fé. Eram histórias de quem havia vencido a escassez, conquistado dignidade, construído sonhos. Era o que ela mais queria – mas se convencia de que aquilo não era para gente como ela. Nada se encaixava. O que ainda fazia sentido desejar? A miséria parecia um destino inevitável. A vida já lhe apontava, desde cedo, para a margem.

Nos momentos de silêncio, Alice lutava entre o desejo de um futuro melhor e a brutalidade da vida ao seu redor. O coração acelerava ao ouvir relatos de superação, mas sua realidade insistia em lembrá-la de que aquilo era exceção. Em sua mente, esperança e resignação disputavam espaço todos os dias, enquanto ela tentava sobreviver à rotina crua do Morro do Sapo.

Numa tarde empoeirada, cruzou com Dona Maria – uma vizinha calejada, mas ainda com um brilho nos olhos. A senhora, percebendo a inquietação no rosto da jovem, puxou conversa:

— Minha filha... às vezes o mundo vira de cabeça pra baixo só pra colocar a gente no lugar certo.

Alice respondeu com um sorriso sem graça:

— Às vezes acho que o mundo só quer me derrubar.

Com paciência, Dona Maria compartilhou lembranças de vidas viradas do avesso que, mesmo assim, encontraram rumo. Suas palavras tocaram fundo, abrindo brechas na couraça de desânimo de Alice.

— O caminho nunca é reto, mas é seu. Sonhe, menina. Porque quando se quer de verdade, até o impossível cede – disse, com doçura.

— Obrigada, Dona Maria – murmurou Alice, retomando a caminhada.

— E lembra, filha... sempre há uma luz no fim do túnel – completou a idosa.

A frase ecoou dentro dela, reacendendo algo que não sabia que ainda existia. Mas a realidade não dava trégua.

As ruas seguiam sendo o refúgio e o campo de batalha. Ela e os irmãos passavam dias inteiros entre calçadas e portas de lojas, tentando ganhar frutas, pacotes de biscoito, qualquer coisa. Era uma sobrevivência crua, onde o desprezo vinha em forma de olhares, gestos e palavras que doíam mais que a fome.

No bairro marcado pela miséria extrema, viver era se equilibrar sobre um fio invisível estendido pelas ruas, enfrentando julgamentos que cortavam como navalha. A dependência da mãe, afundada no vício, tornava tudo ainda mais cruel. Aqui e ali, surgia uma mão estendida. Mas a regra era o abandono.

Ter uma vida digna parecia um luxo de quem nasceu em outro lugar. O preconceito era tatuagem invisível: cada olhar atravessado, cada comentário venenoso, cada recusa silenciosa deixava uma marca que ninguém via, mas ela sentia.

Naquele cenário, sonhar era quase um ato de resistência. Os sonhos pareciam estrelas que brilhavam longe demais – belas, mas inalcançáveis. E quanto mais difícil era seguir, mais ela sentia o peso do mundo nos ombros.

Ainda assim, havia algo dentro dela que não se calava. Entre a dor e a indiferença, um tipo de coragem silenciosa insistia em ficar. Pequena, mas viva. E era essa centelha que a fazia levantar todo dia.

Mesmo que o chão fosse áspero como o morro, ela andava. Cada passo era um ato de teimosia: estou aqui. A esperança não rugia – sussurrava. Mas bastava. Era o que restava, e isso já era força.

No entanto, naquela noite, ao voltar para casa, a esperança deu um passo atrás. Três homens surgiram na viela. O ar ficou denso. Um arrepio gelado percorreu sua espinha. Sua mão apertou com força a sacola com o pouco que tinha conseguido.

Os passos deles ecoavam na calçada como sinos de alerta. O coração batia descompassado. O cheiro de cigarro e suor chegou antes dos corpos – misturado ao odor constante de lixo e esgoto. Ela conhecia aquele cheiro.

Conhecia o medo.

Não como ideia. Mas como presença física. Um corpo encostado em seu corpo. Uma parede áspera nas costas. Um silêncio brutal dentro da garganta.

Depois... só lembrava da água gelada escorrendo pelo corpo. Tentando apagar o que nem o tempo saberia curar.

Ainda tremo quando lembro. Não do que disseram, nem sei se disseram algo, mas do jeito que o mundo ficou pequeno, apertado, escuro. Eu não gritei. Não consegui. Tentei desaparecer dentro de mim mesma.

Não sei como voltei pra casa. Só sei que lavei, lavei, lavei... e nada saiu. A pele ficou vermelha, os olhos arderam, mas nada saiu.

Eu queria esquecer. Queria apagar. Mas toda vez que fecho os olhos, a cena volta.

Escrevo isso pra lembrar que ainda estou aqui. Mesmo que ninguém veja. Mesmo que eu mesma duvide. Ainda estou aqui.

Alice

3 Sonho da fama ou estratégias de sobrevivência

Nem todo sonho começa grande.
Às vezes, é só um respiro.

A janela do barraco mostrava um pedaço pequeno do céu – ora alaranjado, ora coberto de fumaça. Era ali que Alice tentava imaginar liberdade, mesmo sem saber direito o que era isso.

O tempo, com mãos invisíveis e severas, moldava sua aparência, revelando uma jovem de traços singulares, marcados por silêncios e contrastes.

Sua beleza, embora muitas vezes escondida sob roupas gastas e os sinais da pobreza, persistia como algo que nunca passava despercebido.

Entre as calçadas da quebrada e os bailes do morro, Alice era conhecida. Sabia dançar. E dançava bem. Mexia o corpo com segurança, no ritmo das batidas pesadas. Aquilo arrancava olhares, aplausos, desejos. Desde criança, pegava os passos no olho, ensaiava sozinha no espelho quebrado do banheiro.

Sabia o efeito que causava. E isso era perigoso.

O corpo virou ferramenta. Às vezes, defesa. Às vezes, isca. Alice vivia nesse fio. Tinha dias que acreditava que podia ser famosa. Em outros, se sentia usada. Era como vender algo que ela nem sabia que possuía.

No baile, todo mundo se misturava. O dono do morro dançava do lado do entregador. O clima era de festa, mas com tensão no ar. Respeito era silencioso – bastava um olhar torto pra virar confusão.

Alice estava ali sempre. Dançava com quem queria, falava com quem dava vontade. Os amigos eram dos dois lados: os que trampavam e os que seguravam arma.

As meninas que aceitavam o "caminho mais fácil" viravam destaque. Salão toda semana, celular novo, roupa de marca. Alice via isso de perto e pensava: será que vale?

Numa tarde quente, enquanto dançava, Wellington – um dos chefes da área – encostou. Ele era respeitado. Perigoso.

— Tu manda muito nos passinhos, Alice. Tô com uma ideia. Acho que tu pode somar com a gente.

Ela não respondeu de cara. Só encarou.

— Tô falando de coisa grande. Mas não é só dançar. É ter cabeça, saber se portar, ser discreta. Tu tem tudo isso. E pode sair dessa vida aí, passar a viver bem.

Alice gelou por dentro. O som continuava alto, mas ela só ouvia a própria dúvida.

"E se for coisa errada?", pensou. "Será que tô pronta pra isso?"

Ela não era boba. Já tinha visto meninas sumirem. Outras voltavam com outro olhar. Frio. Triste. Roupas novas, mas o peso era visível.

Wellington colocou um maço de dinheiro na frente dela. Era mais do que ela via num mês. Talvez num ano.

Mas Alice nem precisou tocar. Só de olhar, já sentia o peso daquilo.

Pensou nos irmãos dormindo todos juntos no colchão rasgado. Pensou na comida que sempre faltava.

Naquela noite, dançou como sempre. Mas cada passo era diferente. A música batia, mas o peito apertava.

Antes de ir embora, ele voltou.

— E aí? Vai ou não vai?

Alice respirou fundo.

— Valeu, Wellington. Mas ainda acredito que posso ser mais do que número de planilha. Um dia, ainda vou ser advogada.

Ele riu de leve, tipo quem não acreditava.

— Você é ousada. Mas se mudar de ideia, me procura.

Ela saiu dali com o corpo suando, mas a cabeça firme. Sabia que tinha dito não pro mais fácil. E que isso ia custar caro. Mas era o preço pra continuar sendo ela.

Caminhou sozinha até em casa. O céu apagado, as luzes dos postes piscando.

Os irmãos dormiam amontoados. E era por eles. Sempre foi.

O dia seguinte chegou como sempre – com buzina, tiro e criança gritando. Mas Alice acordou com um verso novo na cabeça.

Ela escrevia composições. De raiva, de esperança, de tudo junto. Não tinha estudo, mas criava suas palavras. O povo repetia. A quadra da favela era seu palco. As batalhas de rima, sua válvula de escape.

Ali, entre batuques e improvisos, ela e os amigos falavam da vida como ela era. Denunciavam sem gritar.

A música era mais que sonho. Era resistência.

Alice ainda não era famosa. Mas era escutada. E isso, por enquanto, bastava.

MÃOS QUE CONSTROEM

MÃOS CALEJADAS, MARCADAS NO TEMPO,
TRAZ EM HISTÓRIAS GUARDADAS NO VENTO.
MÃOS QUE EMBALAM OS SONHOS ALHEIOS,
ENQUANTO DORMITAM SEUS PRÓPRIOS ANSEIOS.
MÃOS QUE LAVAM, QUE LIMPAM, QUE FAZ EM,
QUE COZ INHAM ESPERANÇAS QUE NUNCA SE DESFAZ EM.
MÃOS QUE CONSTROEM CAMINHOS SUTIS,
DESENHANDO TRILHAS QUE NINGUÉM DIZ .
MÃOS QUE SE ERGUEM NUM PRECEIRO CLAMOR,
QUANDO A NOITE CHEGA TRAZ ENDO O TEMOR.
MAS A ESPERANÇA, TEIMOSA, PERSISTE,
E NA LUZ DA PRECE, SUAVE, RESISTE.
MÃOS QUE SE ENCONTRAM, QUE SE ENTRELAÇAM,
FORMANDO LAÇOS QUE NUNCA SE ESGARÇAM.
REDES DE AFETO, TERNURA E CALOR,
TECENDO AMPARO COM FIOS DE AMOR.
MÃOS QUE ESCREVEM DESTINOS ASSIM,
MESMO QUE O PAPEL PAREÇA SEM FIM.
MÃOS NOSSAS, ARMAS, ARTE E PAIXÃO,
FORÇA QUE PULSA DO NOSSO CORAÇÃO.
MÃOS QUE SUSTENTAM O MUNDO PESADO,
E SEGUEM FIRMES, JAMAIS CALADO.
MÃOS QUE, UNIDAS, VÃO ALÉM,
POIS JUNTAS TRANSFORMAM O QUE A VIDA TEM.

4 Vida na prostituição

Ela vendia o que ninguém deveria precisar vender.

A necessidade de botar comida em casa gritou mais alto. Alice percebeu rápido que dançar bem e rimar na quadra não enchia panela. O respeito local não pagava aluguel nem garantia pão. Era bonito o sonho de vencer com a arte, mas a realidade não dava trégua. O tempo corria, os boletos vinham, a geladeira só fazia barulho. E o estômago dos irmãos não esperava poesia.

Ela ainda acreditava que sonhar era de graça. Mas viver do sonho, ali, custava caro demais.

No dia a dia duro, os desejos de menina ficaram pelo caminho. Os namoricos, os flertes bobos, tudo ficou sufocado pela pressão de ser a base de um lar que não tinha pai nem mãe por perto. Não dava pra viver como adolescente. A vida puxava, cobrava, empurrava – como se dissesse: "Ou se vira, ou afunda."

Foi assim que, aos poucos, ela cedeu. A prostituição não chegou como um pulo, mas como uma descida lenta. Cada escolha parecia menos pior que a anterior. E de escolha em escolha, ela estava lá, vendendo o que um dia quis guardar.

No morro, o corpo era a última moeda. Alice sabia disso. Não foi romance, foi necessidade. As contas não esperavam, os vizinhos falavam demais e o tráfico não perdoava dívida. Wellington, o mesmo que antes ofereceu "trabalho", agora vinha com outra proposta: trabalhar na sua boate, no asfalto. Sem disfarces.

Ela recusou de primeira. Mas a fome voltou. E então foi.

Preferia isso a carregar fuzil. Pensava: "Melhor vender o corpo que perder a vida."

Na boate, os homens vinham. Alguns calados, outros nojentos. Os dias passavam como embaço. Ela tentava separar o que fazia daquilo que era. Mas nem sempre conseguia.

Até que, numa noite, apareceu Fonseca. Ex-policial. Miliciano. Perigoso. Inimigo declarado do morro. Quando entrou no salão, o ar pareceu sumir. Alice sentiu na pele que aquilo ia dar ruim. Tentou evitá-lo. Ele não deixou.

— Vem cá, bonequinha. Hoje tu é minha.

Ela tentou sair de fininho, apontando pra saída dos fundos:

— Vai embora, aqui não é lugar pra você.

— Tá com medo do papai? – ele debochou. – Sobe comigo. Pago bem.

— Se eu subir, promete que vai embora depois?

— Claro. Um pedido teu é lei.

Mas era mentira.

No quarto, ele virou bicho. Tentou beijá-la à força, prensou-a contra a parede. O bafo de álcool e cigarro enjoava. Ela resistiu. Ele não parou. Agrediu. Rasgou sua roupa. Forçou. Ela tentou se soltar. Gritou. Chorou. E perdeu. Foram minutos longos demais.

Quando ele foi ao banheiro, ela empurrou a cama e o armário contra a porta. Correu. Caiu nos pés de Eliomar, segurança da casa. Contou tudo. Ele entrou armado. Fonseca entendeu que ali não mandava. Ficou quieto.

Alice, tremendo, deu um tapa na cara dele:

— Quando uma mulher diz não, é não! Respeito é regra aqui – violência contra a mulher não passa!

Fonseca foi tirado dali e entregue ao morro. Estupro, invasão, traição – tudo com data marcada pra cobrança.

Alice, sentada, chorava. Disse pra si que nunca mais. Mas bastou ver os irmãos revirando o lixo por comida, e ela voltou. A vergonha ficou menor que a urgência.

Nem todos os clientes eram monstros. Alguns ouviam, outros fingiam carinho. Mas nada passava de uma noite. E mesmo quando pagavam mais, nenhum deles queria saber quem ela era de verdade.

Os dias se arrastavam. Tudo era repetição. Uma frase num muro batia nela:

"Esperar mudança fazendo tudo igual é enganar a si mesmo."

Ela não sabia quem escreveu, mas doía como verdade.

Naquela noite, ela se olhou no espelho da boate e não se reconheceu. Ainda existia ali dentro alguma faísca – não sabia se era esperança ou teimosia, mas não queria apagar.

Decidiu procurar outra saída. Mesmo ouvindo, sempre que pedia ajuda:

"Vai lavar banheiro, vai procurar um serviço, para de ser vagabunda."

Só que ninguém oferecia nada. O discurso era fácil. A oportunidade, não.

Um dia, abordou uma senhora num carro caro:

— A senhora tem trabalho pra mim?

A mulher a olhou dos pés à cabeça. Fez cara feia. Subiu o vidro. Partiu. Sem dizer uma palavra.

Alice ficou parada ali, engolindo o desprezo. Aquilo doía. Mais do que pancada. Ela não entendia como gente que nem sabia seu nome podia julgá-la tão fundo. Mas entendia que era assim pra quem vinha da favela. Preta, pobre e mulher: o pacote completo do preconceito.

Sabia que precisava aguentar. Se deixasse, aquilo a matava por dentro. Já tinha visto outras mulheres apagarem assim: caladas, humilhadas, engolidas.

Ela se recusava. Estava ferida, sim. Mas não era fraca.

Lembrou da mulher arrumada que viu ajudando um idoso na calçada. Por um instante, sentiu raiva. Depois, dúvida. Talvez aquela mulher também já tivesse sido invisível. Talvez não. Mas odiar era fácil. E Alice estava cansada do que era fácil.

Seguiu. A pé. Sozinha. Com o corpo doído, mas com o peito ainda aceso. Ainda queria mudar. E talvez, só talvez, tivesse começado ali.

Hoje eu quis desaparecer. De novo.

Andei pelas ruas tentando encontrar um olhar que não me atravessasse como se eu fosse invisível, ou pior: descartável. Pedi ajuda e recebi o barulho seco de um vidro subindo. Uma recusa. Fria. Limpa. Como se meu pedido fosse um incômodo. Como se eu, inteira, fosse um incômodo.

Mas eu ainda estou aqui.

Eu, que quase morri tantas vezes, continuo pensando na morte como solução.
Eu, que vendi o que restava de mim pra alimentar meus irmãos.
Eu, que gritei o "não" que tantas vezes ficou preso na garganta.
Eu, que me olho no espelho e às vezes não me reconheço, mas continuo.

Por quê? Talvez porque algo aqui dentro ainda acredita que existe um depois.

As pessoas me chamam de preguiçosa, vadia, vagabunda.

Mas nenhuma delas segurou minha mão quando eu caí.
Nenhuma ouviu meu estômago vazio ou enxugou o sangue das minhas pernas.
Nenhuma viu a menina que eu fui, sendo esmagada pela vida.

Se um dia eu sumir de vez, quero que saibam: eu tentei.

Tentei com tudo que tinha, e com tudo que me faltava.
Tentei ser digna num mundo que me negava isso todos os dias.
Tentei ser flor no meio do entulho.

Se eu acordar amanhã, recomeço.
Se não, que minha história não vire estatística. Que vire semente.

Alice

5 Em busca de uma oportunidade

Fingia firmeza, sentia o chão.

Na busca por oportunidades de trabalho, Alice se deparava com um obstáculo quase invisível, mas determinante: a falta de vestuário apropriado para causar uma boa impressão nas entrevistas. Não era apenas uma questão estética – era sobre dignidade, sobre conseguir que a primeira impressão não fosse de descaso ou desconfiança. Sem condições financeiras, lembrou-se de Margarete, a vizinha generosa que recebia doações quase novas da patroa – peças que, além de úteis, viravam uma renda extra. Talvez ela topasse emprestar algumas.

— Margarete, tô mesmo precisando da sua ajuda. Decidi procurar emprego, mas não tenho nada adequado pra uma entrevista – disse Alice, num tom entre esperança e constrangimento.

— Que maravilha, menina! É isso aí. Claro que vou te ajudar. Vem cá, tenho umas coisas guardadas que podem te servir – respondeu Margarete, com brilho nos olhos, satisfeita pela decisão da vizinha.

Ela puxou do armário alguns conjuntos sociais, calças de tecido, blusas mais neutras e até vestidos discretos. Incentivou Alice a experimentar cada um, como se cada troca de roupa fosse também um passo na reconstrução de sua autoestima.

— Prova esse aqui. Acho que vai cair muito bem em você.

— Margarete, tô sem palavras. Você não imagina o quanto isso me ajuda. Tô querendo mudar minha história, de verdade – disse Alice, segurando o tecido como quem segura uma chance.

As peças, escolhidas com carinho e paciência, moldaram Alice com uma elegância nova, quase estranha. Ela se olhou no espelho e, pela primeira vez em muito tempo, viu alguém diferente: alguém que talvez pudesse pertencer a outro cenário – um escritório, uma recepção com cheiro de café, talvez até um lugar com ar-condicionado e tapete limpo.

Mais tarde, prendeu os cabelos, pegou a mochila gasta, enfiou os currículos dobrados num envelope e foi a Lan House do bairro. Sentou-se na frente do computador com nervosismo e digitou, com esforço, um currículo simples. A pouca experiência formal dificultava preencher os campos, mas ela insistiu. Depois navegou por sites de emprego, anotou endereços com uma caneta falhando e saiu batendo de porta em porta, os papéis nas mãos e o coração na boca, buscando uma chance.

Nos primeiros dias, andava esperançosa. Mas, conforme as semanas passavam sem retorno, a esperança começou a pesar. Nenhuma ligação vinha. Alice sabia que sua imagem causava boa impressão, mas o

CEP ainda gritava mais alto. O endereço impresso no currículo parecia um aviso silencioso: "essa não é confiável". Ser da favela, para muitos, era quase como carregar uma sentença.

As poucas oportunidades que surgiam ofereciam salários tão baixos que mal cobriam o transporte e uma refeição simples. Algumas nem valiam o esforço de sair de casa. O tal *glamour* de "conseguir um emprego" que ela ouvia nos discursos motivacionais da televisão não existia para quem vivia naquele lado da cidade. Era mais um duelo silencioso entre a vontade de avançar e o peso de um sistema que empurrava para trás. Mas ela não teve escolha. Acabou aceitando uma dessas vagas – não com alegria, mas com resignação.

Semanas depois, exausta, voltou à casa de Margarete. Queria devolver o que havia emprestado e, quem sabe, pegar outras peças. Enquanto dobravam algumas roupas sobre a cama, Alice desabafou:

— Sabe, tem hora que parece que tudo tá trancado pra mim. Tipo... todas as portas mesmo.

— Não diz isso. Às vezes, a porta certa só tá escondida. Já pensou num estágio? – sugeriu Margarete, enquanto separava novas opções.

— Teria que estar estudando. E eu não tô. Infelizmente – respondeu Alice, com um olhar vazio.

Margarete parou por um instante, segurando uma blusa nas mãos. Seus olhos se encheram de compaixão.

— Você ainda tem muita vida pela frente. E muita força aí dentro, mesmo que agora não pareça. Não desiste, não. É nas horas mais difíceis que a gente se revela.

Alice sorriu, tentando agarrar aquela coragem emprestada.

— Você sempre sabe o que dizer. Obrigada por me lembrar.

Um silêncio cheio de coisas não ditas preencheu o quarto. Então Alice, mais leve, confessou:

— Tem dia que acho que tô fazendo tudo errado. Que talvez eu não esteja pronta.

Margarete, ainda dobrando os tecidos, parou. Olhou bem nos olhos dela e disse:

— Quem pensa demais assusta. Quem tenta demais se machuca. Mas quem insiste... quem insiste muda o rumo.

No morro, a vida não dava trégua. As dificuldades eram as mesmas: ausência do pai, escola interrompida, irmãos para cuidar, contas para pagar. Ao redor, a cena se repetia. Mulheres de olhar firme sustentavam famílias com coragem e pouco descanso. Mães e avós seguravam o mundo com braços cansados.

A gravidez precoce era tão comum quanto as festas nas vielas. Um ciclo que se repetia, um passado que se disfarçava de futuro. Rostos jovens com olhares exaustos. Em cada beco, histórias parecidas – meninas virando mães antes de se tornarem mulheres, garotos assumindo boletos antes de escreverem direito.

Ali, o tempo parecia estacionado. O progresso era para poucos. As chances, escassas. Era preciso furar o concreto com a unha. Alice via conhecidos desistirem, aceitarem aquele roteiro pronto, sem direito a edições. Mas ela se recusava.

Carregava nos ombros não apenas a sua história, mas o desejo de abrir veredas para quem viesse depois. E se era pra tropeçar, que fosse tentando. Porque pior que cair... era nunca ter dado o primeiro passo.

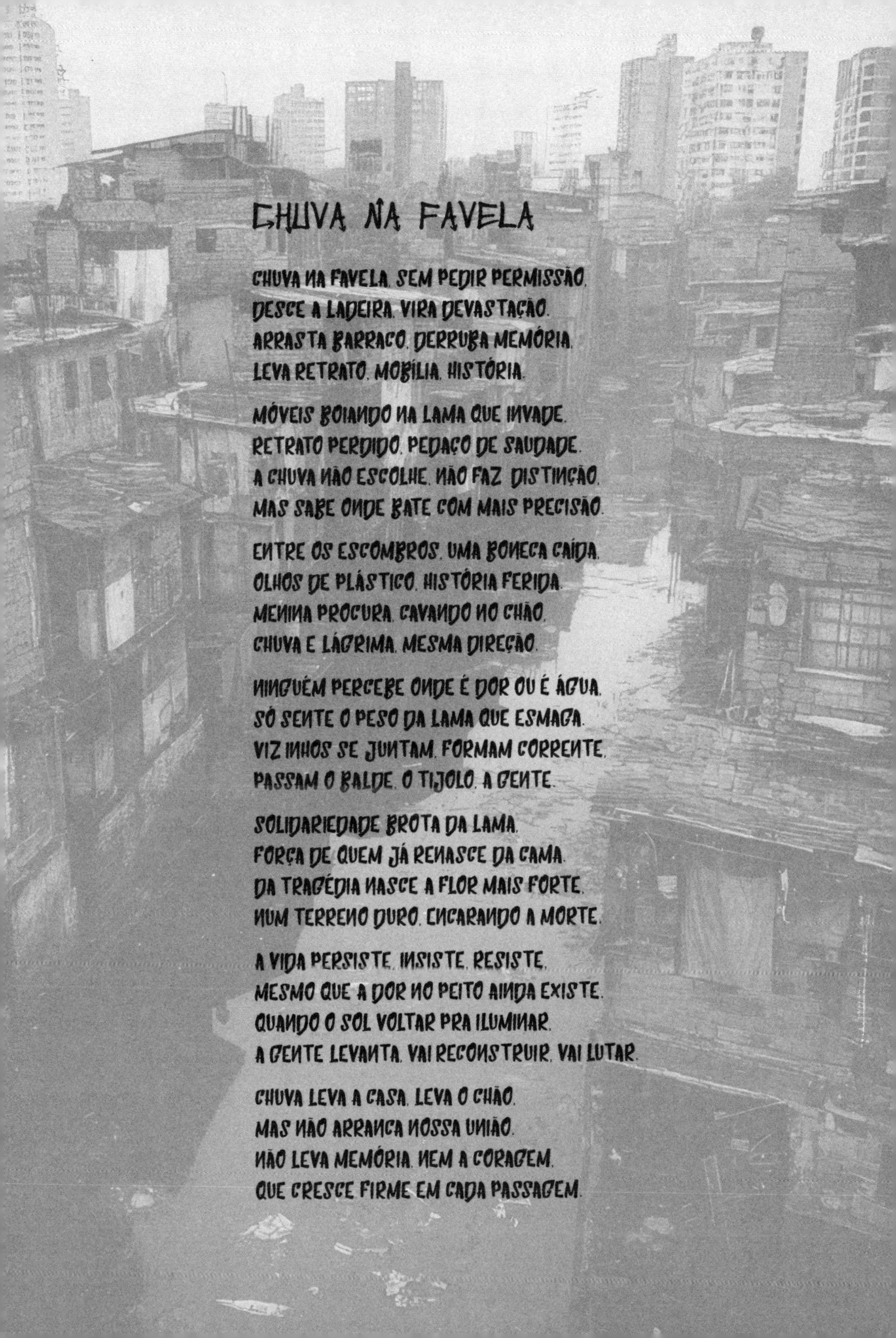

CHUVA NA FAVELA

CHUVA NA FAVELA, SEM PEDIR PERMISSÃO,
DESCE A LADEIRA, VIRA DEVASTAÇÃO.
ARRASTA BARRACO, DERRUBA MEMÓRIA,
LEVA RETRATO, MOBÍLIA, HISTÓRIA.

MÓVEIS BOIANDO NA LAMA QUE INVADE,
RETRATO PERDIDO, PEDAÇO DE SAUDADE.
A CHUVA NÃO ESCOLHE, NÃO FAZ DISTINÇÃO,
MAS SABE ONDE BATE COM MAIS PRECISÃO.

ENTRE OS ESCOMBROS, UMA BONECA CAÍDA,
OLHOS DE PLÁSTICO, HISTÓRIA FERIDA.
MENINA PROCURA, CAVANDO NO CHÃO,
CHUVA E LÁGRIMA, MESMA DIREÇÃO.

NINGUÉM PERCEBE ONDE É DOR OU É ÁGUA,
SÓ SENTE O PESO DA LAMA QUE ESMAGA.
VIZINHOS SE JUNTAM, FORMAM CORRENTE,
PASSAM O BALDE, O TIJOLO, A GENTE.

SOLIDARIEDADE BROTA DA LAMA,
FORÇA DE QUEM JÁ RENASCE DA CAMA.
DA TRAGÉDIA NASCE A FLOR MAIS FORTE,
NUM TERRENO DURO, ENCARANDO A MORTE.

A VIDA PERSISTE, INSISTE, RESISTE,
MESMO QUE A DOR NO PEITO AINDA EXISTE.
QUANDO O SOL VOLTAR PRA ILUMINAR,
A GENTE LEVANTA, VAI RECONSTRUIR, VAI LUTAR.

CHUVA LEVA A CASA, LEVA O CHÃO,
MAS NÃO ARRANCA NOSSA UNIÃO.
NÃO LEVA MEMÓRIA, NEM A CORAGEM,
QUE CRESCE FIRME EM CADA PASSAGEM.

6 Entre as sombras e a paixão

Ele trazia o passado no olhar.

Alice conheceu Topete numa noite agitada no baile *funk* da comunidade, um jovem cujo semblante misturava determinação e ousadia. Enquanto dançava animadamente com seu grupinho, seus olhos encontraram os dele. O cabelo *black power*, as tatuagens contando histórias não reveladas e a postura firme destacavam-no dentre os demais.

Curiosa, Alice ficou admirando-o. Topete estava encostado numa mureta, como rei em trono improvisado, cercado por soldados – armados de verdade, de verdade.

A moça achou o jovem irresistível, mas logo percebeu que ele era um soldado da facção, provocando nela uma mistura de medo e desafio.

Se optasse pela razão, teria recuado, no entanto, deixou-se levar pela emoção, mantendo o olhar fixo em Topete. Seu coração batia descompassado. Inebriado pela beleza de Alice, Topete se aproximou.

— Boa noite. Achei que estava diante de uma miragem. Por isso precisei me aproximar para ter certeza de que você é de verdade, e também a gata mais linda deste lugar.

— Ah... deixa de exagero! Isso é conversa pra me enrolar.

— Eu não sou esse tipo de homem. E digo mais: você não é a garota mais irada só daqui. É a mulher mais linda que já vi em toda minha vida.

— Meu Deus! Você não se cansa de mentir?

— Por que eu mentiria?

— Se não está mentindo deve estar com problema nas vistas por causa do excesso de luz – falou em tom de brincadeira.

— Garanto que nem um nem outro. Você é linda. E disso eu não tenho dúvida nenhuma.

— Nossa, ninguém nunca me tratou assim antes. Quem diria... um príncipe no baile *funk*. Deve estar perdido da corte.

— Então, estamos evoluindo, gata. Já que sou um nobre, quais são as chances de ser promovido a príncipe encantado?

— Eu, eu... não quis dizer isso. Na verdade...

— Mas já disse. Tenho ou não tenho chance?

— Estou lisonjeada com seus elogios, confesso.

— Mas deveria estar acostumada com elogios. Você é uma mina incrível.

Topete pegou na mão de Alice e se aproximou. Antes daquele gesto, já tinham trocado sorrisos cúmplices e confidências ao pé do ouvido. Em uma roda de dança, ele a defendeu de um assédio. Ela viu ternura em seus olhos. Passaram o resto da noite juntos e na hora da despedida, acabaram trocando um beijo.

— Gata, que momento lindo! Tô parado em você!

— Tá me zoando?

— Claro que não! Quero você só pra mim. Quer namorar comigo?

— Isso é loucura! A gente mal se conheceu!

— E daí? Com você eu vou até o inferno!

— Vira essa boca pra lá!

— E aí? Aceita minha proposta?

— Jesus amado!... Tá bom. Vamos tentar.

— Show!!! Você não vai se arrepender, minha gata! Vamos sair daqui. Quero te levar pro meu paraíso, um lugar onde as estrelas são mais lindas. Tem uma vista irada!

Topete suspendeu Alice e girou-a no ar. Ela riu do gesto inesperado. Nunca havia recebido tanto carinho. Beijo de amor era coisa de novela. Mas ali, entre a batida do funk e o barulho do morro, ela acreditou – talvez fosse possível ser feliz mesmo onde dizem que não é lugar pra isso.

Ali nasceu a história com seu grande amor da adolescência. E os desafios impostos pela realidade árdua da favela deixaram de ser barreiras para o casal, sendo substituídos por elementos que temperavam a fortaleza do sentimento que urgia. O vínculo entre eles, como um farol a guiar navegantes perdidos, tornava-se a luz que iluminava os caminhos sombrios que ambos percorriam. O diálogo era uma poesia sussurrada na penumbra, espelhando a força dos sentimentos e a resiliência de seus espíritos diante das adversidades.

A jovem tinha consciência do potencial singular do rapaz, mas compreendia, também, as limitações impostas por aquele ambiente hostil. Seu entendimento transcendia a superfície, mergulhando nas águas profundas da realidade que circundava o tráfico. Ela sabia que, uma vez imerso nesse mundo, era raro alguém encontrar a saída, e as habilidades e determinação dele, ao invés de serem a senda para um sucesso legítimo, pareciam destinadas a prosperar dentro dos confins do crime organizado. Para ele, era como se as opções se reduzissem a uma única trilha, e essa trilha era o caminho perigoso que ela receava.

No íntimo, a dúvida sobre o amanhã surgia como uma névoa densa, obscurecendo a força do que os mantinha próximos. Viviam dia a dia, tropeçando entre o que sonhavam e o que temiam. Tudo ali era incerto – menos o que sentiam.

As palavras, ditas com cautela, eram fios finos costurando um tecido de incertezas. A cada diálogo, frases carregadas ressoavam no espaço compartilhado, moldando uma geografia delicada, onde pisavam sem certezas – um solo feito de vontades contidas, silêncios cúmplices e temores que jamais ganhavam voz.

— Bento, o que será de nós – indagou Alice, chamando o namorado pelo o nome de batismo, quase nunca pronunciado.

— Vamos continuar juntos pra sempre, tá ligada?

Alice não disse nada, pois, embora seus sentimentos fossem luminosos, ela sabia que eles carregavam consigo as sombras das suas realidades.

Os desafios enfrentados por jovens como eles eram diários. Para a sociedade em geral, eles são invisíveis, pois as favelas são estigmatizadas como territórios perigosos, habitados por criminosos. A maioria só via o boné, a arma, o crime. Não viam o menino por trás. Nem o que ele perdeu pra chegar ali. A manipulação dos administradores públicos, explorando a pobreza em benefício de agendas eleitoreiras, contribui para a perpetuação do ciclo de desigualdade.

Alice refletia a respeito da sagacidade daqueles que dominam os morros, uma complexidade na dinâmica de poder que vai além da simples criminalização. Enfrentar essa realidade difícil exige entender de verdade as forças sociais e políticas que moldam essas vidas. É essencial olhar além dos sintomas e atacar as causas profundas que mantêm o ciclo da criminalidade.

Ali, cercada por tanto contraste, ela reconhecia as marcas deixadas pelos becos onde foi moldada. A prática da prostituição, apesar de seus efeitos adversos, ocasionalmente se apresentava como uma opção viável aos seus olhos, em face das dificuldades enfrentadas para conquistar uma posição formal de emprego. A aspereza exacerbada no contexto social, marcado por estigmas e preconceitos, tornava extraordinariamente complexa a busca por uma realidade melhor. A categorização pejorativa como "bandidos", "marginais" e "sangue ruim", atribuída exclusivamente pela condição de moradores de comunidades, agravava ainda mais a situação.

Contudo, apesar das adversidades e das portas fechadas, a determinação de Alice continuava acesa como uma chama que não se deixa apagar facilmente. Todo olhar de desdém, todo comentário depreciativo, alimentava sua determinação de desafiar as expectativas e provar seu valor. Seus passos, mesmo que hesitantes às vezes, eram como traços de uma jornada na qual se encontrava decidida a vencer as limitações impostas pelo ambiente em que cresceu.

Tinha a firme convicção de que sua história ia além do que diziam dela – os estigmas não a definiriam. Ela buscava, incansavelmente, um caminho para transcender as circunstâncias que a mantinham refém de um destino predeterminado. Toda pequena vitória, por menor que fosse, era um raio de esperança que iluminava o caminho escuro em direção a uma existência mais digna e realizada.

Essa determinação incessante de Alice a impelia a enfrentar os desafios com coragem, mesmo quando o mundo ao seu redor parecia conspirar contra ela. As barreiras sociais e econômicas só serviam para temperar sua resiliência – ela queria mais do que sobreviver: queria mudar sua própria narrativa.

Ainda assim, enquanto lutava contra o que vinha de fora, também carregava dentro de si o peso das dúvidas, dos medos. O futuro era um nevoeiro, as ruas escondiam perigos, e a pressão para se conformar com o que esperavam dela era constante. Era como se a vida a testasse a cada esquina.

Em meio a essa turbulência, encontrava refúgio nos braços de Topete. Ali, a paixão era uma trégua. Momentos juntos tornavam-se pequenas ilhas de silêncio num mar de ruído, onde podiam imaginar – ainda que por segundos – um destino melhor.

Apesar das cicatrizes do cotidiano, o carinho entre eles crescia. Era frágil, mas verdadeiro. E isso bastava para continuar.

Mas nem sempre bastava para protegê-la.

Naquela noite, ao se aproximar da entrada do Morro do Sapo, Alice desacelerou o passo. Do outro lado da rua, encostado em uma viatura mal iluminada, um policial a observava. Sozinho, sem pressa.

— Você não deveria estar aqui – disse ele, ajustando o cinto, os dedos demorando-se no coldre.

Alice manteve os olhos no chão.

— Estou só passando.

— Sei bem o que você está... – Ele deixou a frase morrer no ar. O silêncio que se seguiu foi mais ameaçador do que qualquer palavra.

Depois, inclinou-se um pouco.

— Essa hora da noite, uma moça como você...

— Moro logo ali – ela respondeu, apontando vagamente para dentro do morro.

O policial sorriu. Não com os lábios – com os olhos.

— Claro que mora.

O silêncio pesou entre eles como um portão fechado. Alice conhecia aquele jogo de poder – onde seu corpo era o único território em disputa e ela começava perdendo.

— Posso ir agora? – A voz saiu mais firme do que ela esperava.

— Pode. – Ele deu um passo para o lado, mas não o suficiente. Alice teria que passar perto. Perto demais. – Talvez a gente se veja por aí. Eu faço essa ronda toda noite.

Não era um aviso. Era uma promessa.

7 Escolhas perigosas

Confiar cansa mais que lutar.

No submundo do crime, a trajetória é laboriosa, caracterizada por intenso estresse, inúmeros riscos e a necessidade esmagadora de lealdade, disciplina, foco e habilidades excepcionais de gestão de equipe. O líder, para alcançar o sucesso, deve evidenciar notáveis habilidades táticas e conhecimentos estratégicos, em distintos contextos, como se fosse um empresário – só que armado, e com a vida dos outros como investimento. Alcançar um *status* elevado dentro de uma facção é motivo de orgulho, especialmente para os mais jovens, que emergem da obscuridade para se tornarem, repentinamente, figuras proeminentes. É o poder em sua expressão mais pura, seja como poder de aquisição, seja como busca pela supremacia incontestável. Entretanto, por trás desse vislumbre de ascensão rápida, reside uma realidade intrincada e sombria. A incessante busca pelo poder frequentemente conduz a escolhas perigosas, nas quais a linha entre o triunfo e a decadência se torna frágil. O líder do grupo criminoso, munido de sua perspicácia, não apenas enfrenta desafios externos, mas também lida com as complexas dinâmicas internas do submundo. As pressões constantes, as rivalidades e a necessidade de manter a lealdade da equipe são fardos que ele carrega diariamente.

Considerando que as alianças podem se desfazer tão rapidamente quanto são formadas, o líder muitas vezes transita na corda bamba entre a autoridade conquistada e a constante ameaça de traição.

Nesse cenário, ele precisava ser um estrategista de verdade, alguém que soubesse prever os passos dos rivais e conduzir sua equipe com precisão. O respeito que conquistava vinha carregado de orgulho, mas também de responsabilidade. Para enfrentar esses desafios, ele escolhia a dedo alguns jovens para investir na educação deles, repetindo o que fizeram por ele no passado.

Muitos homens entravam para o serviço militar, buscando força, coragem e aprendizado estratégico para depois usar na organização. Essa tática funcionava: para continuar no topo, era fundamental ter influência em várias áreas, inclusive na política, onde ter voz nas leis era essencial.

No jogo complicado do poder, onde quase tudo vale, o líder vivia a tensão de dominar seu território e, ao mesmo tempo, lidar com os riscos dessa posição. Agia com esperteza para proteger seus interesses, mantendo a população sob controle pelo medo. A falta de educação e o terror eram armas antigas – e ainda muito eficazes.

Uma frase que Alice certa vez viu em um outdoor não saía de sua cabeça: "Se você acha a educação cara, tente calcular o preço da ignorância."

A jovem, que anteriormente havia observado de fora os privilégios desfrutados pelas mulheres associadas aos traficantes, nesse momento se via imersa nessa realidade. Embora jamais tivesse aspirado trilhar os complexos caminhos desse mundo, viu-se inesperadamente apaixonada por um criminoso, percebendo tardiamente que a paixão, por vezes, conduz as pessoas por trilhas não planejadas, impulsionadas unicamente pelas emoções.

Ali, ela sabia – tinha passado do ponto sem volta. Ela desconhecia o que o futuro reservava para essa relação, mas, ao lado de Topete, almejava vislumbrar um caminho que conduzisse a uma realidade melhor, minimizando os riscos. Nesse universo permeado por segredos, inseguranças e armas, compartilhavam momentos especiais, criando uma bolha onde o mundo parecia ser exclusivamente deles.

Era uma alegria quando avistava Victor, o filho do proprietário da mercearia, aproximando-se com um papel nas mãos. Seu coração palpitava tanto que parecia que ia pular pela boca, pois ela já antecipava que ele trazia um recado marcando o próximo ponto de encontro.

— Tô emocionado que veio, tá ligada?

— Verdade? Eu também estava com muita saudade.

— Pode acreditar, gata!

— O seu dia foi difícil?

— Muito. Por isso demorei a chegar. O bagulho foi doido. Passamos um veneno com a operação policial. Os caras já chegaram na maldade, com a macaca cuspindo fogo. O Pelego não conseguiu escapar. Vai ter que tirar uns dias no porão. Só você para me dar momentos de paz, bebê – disse o jovem. Ela escutava tudo, mas seu coração estava em outro lugar – no futuro que tentava imaginar.

— Será que foi trabalho de X9? Ele vai ficar muito tempo guardado?

— Acho que não. Os hómi tem que mostrá serviço, tá ligada? Eu encontrei um cavalo veloz e caí no mundo. E o Pelego, logo, logo vai para a Disney.

— Não é arriscado a gente ficar aqui? – perguntou Alice, ressabiada.

— Claro que não! Você está com o seu monstrão. Vamos aproveitar, gata!

Topete olhou para Alice, um brilho hesitante nos olhos. Ele sorriu de leve, como se quisesse testar a reação dela. Alice sentiu um arrepio, mas não desviou o olhar. Quando ele se aproximou, esperou um instante antes de corresponder ao beijo. Em questão de segundos, ambos estavam com a respiração ofegante. A química entre os dois era intensa. Alice estava realmente apaixonada – por ele e pelo que ele despertava nela: a sensação de estar protegida, amada, importante. Algo que o mundo nunca lhe deu.

O tempo passou rápido – como se soubesse que aquilo, bonito demais pra durar, estava com os dias contados. Juntos, contemplavam o céu estrelado das lajes, transformadas em autênticos camarotes para apreciar o brilho das estrelas, enquanto juravam fidelidade eterna um ao outro. A jovem, que até recentemente recorria à prostituição para assegurar sua sobrevivência, encontrara, afinal, seu príncipe encantado, mesmo que o seu ofício não fosse motivo de orgulho.

Viviam aquele romance como se o amanhã não existisse. No entanto, em determinado dia, a caminho do encontro, Alice começou a sentir-se mal. Como passara uma quantidade considerável de tempo sob o sol, a princípio julgou que a tontura e o enjoo fossem manifestações temporárias. Contudo, no dia seguinte, os mesmos sintomas persistiram, e ela mal conseguia se alimentar. Decidiu, então, buscar atendimento no posto de saúde, onde a enfermeira a medicou e aventou a possibilidade de Alice estar grávida. Inicialmente, ela considerou essa perspectiva quase impossível, pois Topete sempre utilizara o método de coito interrompido. Todavia, mal sabia ela que esse método era um dos contraceptivos menos eficazes disponíveis.

Determinada, adquiriu um teste de gravidez em uma farmácia e confirmou a suspeita: estava grávida. Embora tenha sentido uma insegurança momentânea, compreendeu que não havia outra saída senão chamar Topete. Com o coração apertado e uma mistura de temor e esperança, enviou um recado pedindo que ele fosse até sua casa. Precisava falar com ele – e não podia esperar. Ele chegou com um sorriso, mas, ao perceber a seriedade no olhar dela, sua expressão se transformou.

— Tenho que te falar uma coisa e não sei se vai gostar – ela falou sem rodeio.

— O que houve? Não quer mais ficar comigo?

— Deixa de bobagem! Eu te amo mais que tudo nesse mundo! Só que temos um problema para resolver.

— Canta logo, princesa!

— Estou esperando um bebê.

O jovem soldado, confrontado com a revelação, passou por uma gama de emoções. A surpresa inicial deu lugar à compreensão da magnitude da situação. Tinha ciência de que, entre as regras distorcidas do submundo, não havia espaço seguro para sonhar com um lar. A incerteza pairava sobre o futuro deles, e a tensão no ar era quase palpável.

— O quê? Ai, paizinho...

Alice, ciente das adversidades que enfrentariam, buscava uma resposta no olhar de Topete. Seria ele capaz de enfrentar os desafios iminentes, ou a notícia da gravidez lançaria uma sombra em cima do que outrora fora uma história de amor encantadora?

— Desculpe, não queria que isso acontecesse... Você não precisa continuar comigo, viu? Estou pensando em fazer um aborto.

— Não fale bobagem. É a notícia mais feliz de toda minha existência. Sempre sonhei em ter filhos.

— Jura?

— Claro! Esse menó só vai aumentar a nossa felicidade.

— É tão bom me sentir amada! – disse Alice, abraçando o namorado.

Ela estava recebendo o carinho e a atenção que nunca teve em casa.

Traçaram planos como se o tempo nunca os fosse separar.

Antes de sair, Topete notou o chinelo torto do irmão menor de Alice e se abaixou para ajeitá-lo.

— Firme aí, meu parça – disse com um meio sorriso. – Homem que é homem começa cuidando dos seus.

Alice o observou em silêncio. Não era só o jeito que ele falava. Era o que ele calava que mais a prendia.

8 Golpe do destino

No morro do Sapo, o presságio vem antes da notícia.

Naquela manhã, tudo parecia em ordem... até que o destino decidiu jogar sujo, como de costume. Era uma típica quinta-feira, ainda antes das 5 horas da manhã, quando a operação policial irrompeu, rasgando o silêncio da madrugada. O alerta a respeito da iminente invasão da facção rival à favela do Sapo chegou, mobilizando dezenas de policiais para a ação do dia.

Os carros da polícia avançaram em um impressionante comboio, invadindo o local. Em questão de minutos, uma porção da favela já se encontrava sob controle policial. Foi nesse cenário tenso que Topete recebeu a informação crucial, transmitida por Lourenço, um amigo enfermeiro que retornava de um plantão.

— Qué isso, meu parça! Eu não tenho como sair neste momento!

— Acho melhor você dar um jeito, porque eles estão chegando na tua área.

— Vou juntar meu pessoal e tentar cair fora. Valeu, mermão!

— Se cuida, boa sorte! Te amo, cara!

A notícia do avanço policial e da ameaça iminente da facção rival lançou Topete em um turbilhão de incertezas. As decisões tomadas nas próximas horas moldariam não apenas o seu destino, mas também teriam impacto direto na realidade de cada um, naquele lugar envolto em tensão e perigo.

Ele emergiu do esconderijo e desceu, buscando uma rota para deixar a favela. Nesse meio tempo, traficantes, alertados pelos olheiros, dispersaram-se pelas lajes e vielas, dando início a uma intensa troca de tiros. A polícia respondeu prontamente e a violência rapidamente se alastrou pelo cenário. As balas riscaram o céu como lâminas flamejantes. Cada tiro era um aviso: ninguém estava seguro.

Nesse cenário de guerra, Topete se viu encurralado e acabou atingido por três tiros de fuzil. Ao receber a trágica notícia, Alice não hesitou em desafiar os perigos existentes e correu em direção ao conflito. Ao vê-lo caído no chão, ela correu até ele, o corpo tomado pelo pânico. Ajoelhou-se, puxando-o para junto do peito, e gritou por socorro enquanto tentava trazê-lo de volta com toques apressados, mãos trêmulas e olhos inundados. Procurava algum sinal, qualquer resposta, mas a palidez dele era um aviso cruel. Seus dedos percorriam o rosto amado com a delicadeza de quem tenta interromper o tempo. As lágrimas escorriam silenciosas, mas por dentro, tudo gritava. Sentia o chão se romper sob seus joelhos, como se o universo desabasse em câmera lenta.

E ela falava, mesmo com a voz falhando, num sussurro que implorava:

— Topete, por favor, fica comigo... Olha pra mim! Pensa no nosso bebê, amor... Luta, reage, não me deixa assim!

Ele forçou um sorriso fraco, quase imperceptível.

— Tô sem forças, Alice... Perdi muito sangue... Acho que é o fim da linha pra mim.

— Não fala isso... você vai sair dessa. A gente ainda tem uma vida inteira pela frente.

— Tô indo, Alice... Cê cuida do nosso menino, tá?

E essas foram as derradeiras palavras do rapaz, que ecoaram como um lamento na quietude daquele instante funesto. Alice, consumida pela aflição, proferia palavras impregnadas de agonia.

A favela inteira podia estar em guerra, mas naquele instante, o mundo se calou e Alice gritou. Não era só o corpo dele no chão – era o sonho deles esvaindo pelas rachaduras do morro.

— Nããããooo!!! Meu Deus! Por que está acontecendo isso comigo? Topete, acorda, por favor!

Porém, as súplicas caíam em um silêncio doloroso, pois o jovem jazia imóvel, silenciado pela frieza da morte. O desespero de Alice transbordava em lágrimas que desenhavam trilhas dolorosas em seu rosto. Em vão, ela tentava despertar o namorado que partira de forma tão prematura.

O som da tragédia ecoou pela paisagem, como uma sinfonia sombria que cortava os corações presentes. Um dos irmãos de Alice, testemunhando a cena desoladora, decidiu intervir, retirando-a do local, em um gesto misericordioso.

E assim, mais uma vez o destino, implacável em sua crueldade, unia e separava vidas de maneiras imprevisíveis, deixando para trás apenas a dor e a perplexidade diante do insondável mistério da existência.

Nos dias que se seguiram, Alice caminhava devagar, quase em silêncio, como quem aprende a carregar um peso novo. Não perguntava mais "por quê?". Apenas seguia, passo a passo. Em sua mente, revivia os primeiros encontros, o sorriso torto de Topete, os abraços demorados. A tragédia daquela manhã ceifou sua realidade de forma brutal, cruel e súbita, deixando um rastro de desolação e encerrando de maneira abrupta a narrativa de uma relação que, até então, parecia tecida com fios da mais pura perfeição.

O sofrimento que Alice experimentava não era apenas a tristeza pela perda de um ente querido, mas sim um mergulho nas profundezas do desconhecido, onde a saudade se misturava ao desamparo, e a ausência de Topete ecoava como um vazio ensurdecedor. As lágrimas que caíam de seus olhos eram um tributo à intensidade desse sentimento que se manifestava de uma forma devastadora.

A tristeza, como uma sombra pesada, pairava no ambiente, apagando as *nuances* coloridas do mundo que Alice conhecia. Os dias se arrastavam, impregnados de uma agonia que permeava os pensamentos e suspiros. A narrativa da sua existência, outrora repleta de capítulos de superação e resiliência, nesse instante se via imersa em um episódio funesto, no qual o pesar se entrelaçava com as lembranças felizes de Topete.

Nas horas solitárias, Alice encontrava-se imersa em diálogos silenciosos com as recordações do seu amor, como se o eco da sua presença continuasse a reverberar em todo canto.

Remando pelas águas da lembrança, Alice buscava os sorrisos divididos, os gestos de afeto, os sonhos que, entrelaçados, haviam tecido uma história só deles. A dor da perda, antes sufocante, agora se transformava em homenagem – à intensidade do que viveram, ao amor que deixara marcas profundas.

Sentada no degrau áspero da viela, ela apertava entre os dedos uma fotografia desbotada. Nela, os dois riam. Os olhos dele brilhavam, como se a vida ainda coubesse inteira ali.

Seus dedos tremiam – não de frio, mas de ausência.

Então, a lembrança veio, afiada e clara. Tinha apenas oito anos quando viu a mãe desabar naquele mesmo degrau, uma carta nas mãos. Lembrava da mão trêmula, do papel amassado, da palavra "óbito" que ainda não compreendia, mas já sentia que doía.

— Não pode ser – murmurou a mãe, como quem perde o ar.

Agora, era Alice quem sussurrava as mesmas palavras. E embora o papel em suas mãos não trouxesse letras, dizia tudo: acabou.

Na penumbra do luto, Alice desvendava a fragilidade inerente à existência e despertava para a crua realidade que assola a juventude enredada na teia do tráfico. A morte prematura, com seu peso trágico, transformara-se em um desfecho recorrente nesse palco de sombras, uma triste estatística que pairava sobre vidas interrompidas antes mesmo de desabrocharem completamente. No entanto, em meio à den sidade da escuridão, Alice vislumbrava uma possibilidade de sua dor servir como uma luz guia, uma advertência a respeito dos caminhos perigosos que tantos jovens eram compelidos a trilhar.

Ela era consciente dos perigos que espreitavam o entorno de Topete, mas jamais imaginara, nem mesmo nos seus mais sombrios devaneios, que tal triste destino acometeria seu grande amor, alguém tão perspicaz e ágil. Como ele, cheio de vitalidade, poderia ser atingido por uma fatalidade tão implacável? Inquiria-se a respeito da ineficácia dos sonhos diante das cruéis contingências da realidade, questionando a razão pela qual a realidade, por vezes, se desdobra em tragédias inescrutáveis.

Toda lágrima que Alice vertia constituía um símbolo não apenas de sua tristeza, mas também de uma resolução silenciosa. Ela se recusava a ser tragada pelo abismo do luto; ao contrário, decidira alçar voo guiada pelo carinho que persistia mesmo na ausência física. As lembranças, nesse momento sagradas relíquias, tornavam-se faróis que iluminavam os recantos mais íntimos de sua alma.

Na imensidão dos dias que se seguiram à partida de Topete, Alice viu-se confrontada com uma dualidade dilacerante. Por um lado, a dor da perda apresentava-se como uma correnteza avassaladora, tentando arrastá-la para o fundo do desespero. Por outro, a lembrança do afeto compartilhado e dos sonhos tecidos juntos erguia-se como uma ilha de esperança em meio ao oceano de tristeza.

Diante da dor pela perda de seu grande amor, Alice foi tomada pela tristeza. Não queria comer. Quando acordava, não tinha ânimo para levantar e tocar as tarefas do dia a dia. Passava a manhã prostrada na cama. Ela até tentava reagir, mas os pensamentos melancólicos eram mais fortes do que a vontade de retomar sua rotina.

Margarete foi quem percebeu que havia algo de errado com Alice. Quando a tragédia se abateu sobre a vida da amiga, ela prometeu ficar por perto e ofereceu suporte emocional. Todos os dias, a vizinha passava na casa de Alice, mas nem sempre era bem recebida. Aliás, quase nunca conseguia entrar.

— Boa tarde, dona Marta. Já é o terceiro dia seguido que venho aqui para saber da Alice e a senhora não me deixa entrar. Por favor, preciso ver a sua filha – disse Margarete.

Vá embora, enxerida! O que eu faço ou deixo de fazer não te diz respeito – disse a mãe de Alice, cortante.

— Desculpe, mas eu não vou embora. A senhora realmente não tem que me dar satisfação da sua rotina, mas eu não estou aqui pela senhora. Estou aqui por Alice. Alguma coisa está acontecendo e eu não vou permitir que continue me impedindo de entrar.

— Mas você não vai entrar mesmo! Alice não quer ver ninguém. Está largada na cama desde que perdeu o namoradinho. A infeliz não se levanta nem pra dar de comer aos irmãos. É uma imprestável!

— Que absurdo! Será que a senhora não percebe que sua filha pode estar em depressão? Ela passou por uma situação difícil e precisa de apoio!

— Apoio? Ah... não me venha com essa história, Margarete! Ela precisa é de uma boa surra pra ver se acorda pra vida! Aqui você não entra, entendeu?

— Eu vou embora, mas isso não vai ficar assim, não!

Margarete estava desesperada e sentia-se impotente por não conseguir ajudar a amiga. Até que teve uma ideia: como Alice estava grávida, foi no posto de saúde, explicou a situação e pediu que uma equipe da Estratégia de Saúde da Família fosse até a casa de dona Marta. E assim foi feito. No dia seguinte, duas enfermeiras foram à procura de Alice.

— Bom dia, a senhora é a dona Marta?

— Sim, sou eu mesma. Por quê? Quem é você?

— Eu sou Noêmia e essa é a Márcia, somos enfermeiras aqui do postinho e viemos trazer cuidados de saúde para os seus familiares.

— A gente não precisa de cuidado nenhum – disse Marta, tentando fechar a porta da casa.

— Desculpe-me, mas nós precisamos ver a sua filha. Colabore, por favor.

— Está bem! Entrem.

As enfermeiras foram levadas ao local onde Alice dormia. A jovem encontrava-se pálida e desnutrida. As profissionais conversaram com ela e a convenceram a ir ao posto de saúde para fazer uma avaliação com o psiquiatra. A depressão foi diagnosticada e Alice só conseguiu reagir com ajuda médica. Após três semanas de tratamento, ela já se sentia mais fortalecida para cuidar de si e amparar a todos que dela dependiam.

Dona Zefa viu as funcionárias do posto de saúde subirem o beco e percebeu do que se tratava, mas achou melhor não assuntar.

Já tinha visto em outras meninas a mesma palidez que tomava conta de Alice.

Da janela, viu a jovem voltar, após três semanas de internação em um hospital público no mesmo bairro onde fica a comunidade.

9

Os desafios de uma decisão

A história voltava com roupa nova.

O desafio de cuidar dos irmãos já era um peso. Agora, vinha mais: o medo de ser mãe sozinha. Alice sentia que estava presa em um ciclo implacável de adversidades, como se cada passo dado fosse simplesmente uma repetição das dificuldades que marcaram sua própria história. Pensou em desistir. Mas quando sentiu o primeiro sinal de vida dentro de si, soube que não conseguiria.

Porém, a conexão profunda com o fruto desse afeto se interpôs, transformando a decisão em uma renúncia à ideia da interrupção. Ao iniciar o acompanhamento pré-natal no posto de saúde da favela, o coração de Alice abrigava uma mistura complexa de emoções, pois, embora nutrisse a esperança por esse novo ser, a ausência de apoio familiar projetava sombras de incerteza sobre o horizonte que se descortinava à sua frente. Sua mãe continuava imersa numa complexa teia de vícios, seguindo o caminho sombrio do consumo de drogas e álcool, afastada da condição de ser seu pilar sólido, tanto como mãe quanto como avó.

O percurso à frente, já marcado pelos obstáculos da topografia impiedosa da favela, agora se mostrava ainda mais desafiador, cheio de espinhos que revelavam a coragem de uma história moldada na dor.

À medida que se aproximava o momento do parto, sem vislumbrar melhorias em sua realidade, Alice viu-se confrontada com a ponderação dolorosa acerca do futuro de sua cria. O desejo ardente de proporcionar um destino mais auspicioso motivava suas ações, impelindo-a a explorar soluções alternativas para garantir o bem-estar do bebê que estava prestes a nascer. Dentro dos limites da favela, Alice estabeleceu contato com Zuleide, uma mulher envolvida em práticas de adoção, que operava fora dos parâmetros legais estabelecidos. Meses se desdobraram em intensos diálogos e delicadas negociações, culminando na costura de um acordo que envolvia uma compensação financeira pela entrega da criança.

Embora a oferta monetária pudesse exercer um apelo irresistível em diferentes circunstâncias, Alice não ignorava as complexidades éticas inerentes à situação. Estava consciente de que sua participação na transação contribuía para uma prática considerada criminosa e socialmente reprovável. No entanto, seu foco permanecia firme na convicção de que essa era a única oportunidade para seu bebê escapar da penúria que os cercava.

A batalha entre a necessidade desesperada de oferecer um futuro melhor para seu menino e os dilemas éticos que acompanhavam a decisão encontravam-se intrinsecamente presentes em cada passo que Alice dava. O peso emocional da escolha refletia-se em suas noites insones e momentos de reflexão profunda, em que os matizes éticos da decisão pairavam como sombras incômodas sobre sua consciência. O compromisso de salvaguardar o bem-estar do bebê colidia diretamente com as fronteiras morais que delineavam as práticas aceitáveis na sociedade.

A narrativa de Alice, permeada por *nuances* éticas complexas, evoluía em um cenário onde as linhas entre o que era legal, moral e necessário tornavam-se borradas. O instinto maternal, que pulsava vigorosamente dentro dela, entrava em conflito com as limitações impostas por um ambiente impiedoso. À medida que a data do parto se aproximava inexoravelmente, Alice via-se navegando pelas águas turbulentas de uma decisão que transcendia as barreiras tradicionais da moralidade e da legalidade. Cada passo e palavra trocados com Zuleide, era uma jornada rumo a um destino incerto, no qual suas escolhas lançavam sombras profundas no caminho que traçava para seu pequeno.

A negociação meticulosa estabeleceu cada detalhe, e Alice concordou em confiar seu menino a um casal da zona sul carioca, proveniente de uma realidade mais privilegiada. A transação seria conduzida com a máxima discrição.

No estágio final da gravidez, ao ingressar no hospital sob seu nome verdadeiro, ela forneceu um endereço fictício. Tudo estava devidamente planejado: no dia da alta da mãe e do bebê, uma "intermediária" efetuaria a transferência, garantindo que toda a documentação estivesse "em ordem". Surpreendentemente, tanto o hospital quanto o cartório pareciam estar envolvidos nesse esquema, assegurando que a criança fosse entregue ao casal adotante sem contratempos legais. Sem saber o que se passava, a enfermeira perguntou:

— Senhora Alice, como você está se sentindo hoje?

— Um pouco ansiosa, mas estou bem.

— Isso é normal nessa fase. Logo você terá seu bebê nos braços.

— É, estou me preparando para isso.

Alice ponderou cuidadosamente sobre sua decisão, mas optou por não se aprofundar nos detalhes mais sombrios de sua escolha. Deliberadamente, ela escolheu manter distância desses aspectos, reconhecendo que lidar com eles apenas aumentaria sua angústia e sofrimento. No entanto, essa decisão não foi tomada levianamente. Ela sabia que o peso da culpa a acompanharia por anos, desde o instante em que entregou a criança. Mas estava igualmente decidida a conviver com tal peso em prol do bem-estar de seu bebê.

Para ela, a escolha não era simples, mas se apresentava de maneira clara: entre a vulnerabilidade de viver em condições de pobreza quase absoluta, chegando até mesmo ao risco de morte, e oferecer ao seu pequeno anjo uma existência repleta de carinho e isenta de perigos, sem hesitação, ela ficava com a segunda opção. Compreendia a precariedade da pobreza em que vivia como uma ameaça letal e não desejava expor seu garoto a tal agrura.

Ela refletiu a respeito das implicações de sua decisão, considerando cuidadosamente os detalhes. Pensou nos desafios que enfrentaria ao criar seu filho em meio à pobreza, na falta de recursos básicos, na incerteza do amanhã. Ainda sim, mesmo perante essas adversidades, sua prioridade era o bem-estar e a segurança de seu bebê. Não seria capaz de vê-lo sofrer, de privá-lo do afeto e dos cuidados que merecia. Assim, mesmo que isso significasse carregar o peso da culpa pelo resto de sua existência, ela estava disposta a enfrentar as consequências de sua decisão, sabendo que fez o que julgava ser melhor para seu menino.

— Alice, tudo está pronto para a transferência. O casal adotante está ansioso para conhecer o bebê.

— Ok – falou, com lágrimas nos olhos.

— Lembre-se, a documentação está em ordem, e o hospital está ciente do procedimento.

— Isso é intrigante, sabia?

— Alice, o mundo tem coisas que não conhecemos.

— Espero que essa seja a melhor decisão para o meu bebê.

Apesar do ditado de que recém-nascidos são semelhantes, nascendo com uma "cara de joelho", ela encontrou beleza na criança, percebendo uma marcante semelhança com Topete. Receosa de perder a coragem ao contemplar aquele ser tão especial e frágil, seguiu adiante com o que precisava ser feito até obter alta, sob a supervisão de Zuleide, que ingressara no hospital como sua acompanhante. Foi então que entregou a criança.

— Está pronta para seguir em frente? – indagou a "intermediária".

Enquanto isso, Dona Zefa rezava em silêncio. Conhecia bem o peso de escolhas sem opção, de caminhos estreitos demais para recuar. Naquela noite, acendeu uma vela por Alice. Ninguém soube, ninguém viu. Mas, às vezes, é justamente isso que impede uma alma de afundar: uma prece anônima, uma luz acesa no escuro.

10 Na trilha da incerteza

Algumas feridas ninguém vê.

As lágrimas percorriam livremente o seu rosto. Optou por não beijar o bebê. Em vez disso, estendeu a mão devagar e tocou de leve os dedos minúsculos, como se pedisse desculpa em silêncio. A pele era quente, viva – e o gesto, breve demais para consolar, longo demais para esquecer.Não chorou. Não olhou para trás. Era o que precisava fazer para não desabar. Chegou à conclusão de que realmente fazia sentido o dito popular de que "não havia nada tão ruim que não pudesse piorar". Saiu do hospital sem olhar para trás, carregando consigo o alívio amargo de imaginar o menino crescendo com dignidade, longe da miséria que sempre a cercou. Torcia, com um misto de esperança e incerteza, para que o menino encontrasse um desfecho feliz, embora se perguntasse se era mesmo capaz de reconhecer um "final feliz". Afinal, quem era ela para saber o que isso significava? Talvez isso nem existisse de verdade.

Alice estava ciente de que não seria ela a fazer os curativos nos machucados quando se ferisse, a administrar remédios para suas cólicas ou a acompanhá-lo no primeiro dia de aula. Todavia, ela nutria a esperança de que o novo lar proporcionaria o cuidado que ela não poderia oferecer. Uma dúvida persistia: teria tomado a decisão correta? O vazio emocional que a assolava parecia indicar o contrário, mas, ao analisar o contexto complexo da situação, sua escolha parecia, de certa forma, validada. Condenada a conviver com esse dilema intrincado, a jovem buscava algum consolo na ideia de que estava priorizando o bem-estar e as oportunidades da criança.

Em meio a tantos conflitos, ela empreendia um diálogo interior com o Divino, expressando suas lamentações e buscando perdão por ações que a mergulharam em profunda tristeza. Apesar de sua incerteza em relação à crença, sentia a necessidade de buscar redenção. As incertezas quanto à existência de Deus perduravam, pois nada nas religiões conseguia saciar suas indagações. Não se identificava com a ideia de oferecer esperando algo em troca, nem com a prática diária de barganhas, onde, na visão dela, Jesus parecia ter sido trocado por interesses financeiros dos fiéis. Ainda assim, carregava um desejo persistente de reconciliação – uma busca profunda por uma conexão espiritual que transcendesse as contradições que enxergava.

Em seus pensamentos, refletia acerca das potenciais consequências caso Deus não existisse, indagando-se se teria, de fato, muito a perder. Entretanto, voltava a ponderar sobre as implicações caso Ele fosse real. Se negligenciasse a oportunidade de buscar perdão, poderia expor-se a possíveis consequências. Já sofria o bastante em sua existência terrena e evitava quaisquer riscos desnecessários, e acreditando que encontraria tranquilidade depois da morte, finalizou seu pensamento.

A abordagem tradicional da crença religiosa não se alinhava com sua visão de mundo. A religião não era o seu norte. Seu universo encontrava-se imerso nos desafios cotidianos da favela, nas adversidades enfrentadas por sua comunidade, nas ruas marcadas por esgotos a céu aberto e nas pessoas esquivando-se de balas perdidas, refletindo todas as carências de seu povo.

Para ela, Deus permanecia um mistério, algo oculto, quase como o líder do morro. Mesmo nas raras vezes em que participou da catequese na Igreja do padre Jorge, absorveu a noção de que o Todo-Poderoso residia nos céus, mas até essa ideia despertava suas dúvidas. Sua perspectiva era tingida pelo desencanto. Os espinhos do percurso tornaram-na descrente, e ela imaginava que não representava nada para esse ser místico, distante e, na sua visão, "mau". Sim, mau, porque, se Ele fosse verdadeiramente benevolente, proporcionaria uma vida digna para cada um.

Ela se indignava ao ouvir pessoas em situações tão desafiadoras quanto as dela proclamarem que Deus é bom o tempo todo. Para ela, eram noções absurdas. Não conseguia compreender que tipo de bondade era essa. Baseando-se no pouco que conhecia da Bíblia, suas memórias eram dominadas por narrativas de conflito. Se Ele fosse o criador do Universo, como afirmam os religiosos, parecia que Ele caprichara nas adversidades e negligenciara as bênçãos. Sentindo a crueldade do mundo em sua própria pele diariamente, às vezes considerava a ideia de um Deus poderoso, invisível e benevolente como algo ridículo.

Apesar de adotar uma postura cética em relação à espiritualidade, Alice se descobria ocasionalmente intrigada pela leitura de trechos da antiga Bíblia que repousava na estante, em um canto da sala. Essa relíquia, embora permanentemente aberta, raramente era explorada.

Inicialmente, sua curiosidade conduziu-a à exploração do Antigo Testamento; mas a experiência revelou-se desafiadora. As páginas transbordavam com relatos de conflitos e desolação, levantando questões a respeito da justificativa de um Deus todo-poderoso permitir a morte e a destruição, inclusive de gerações inteiras, como exemplificado no dilúvio narrado em Gênesis.

Essa reflexão acerca da espiritualidade não se limitava às páginas de uma Bíblia; ecoava também nas entrelinhas da sua realidade. Mesmo com dúvidas, ela se via atraída pela busca de respostas, como se a sabedoria divina pudesse lançar luz sobre os mistérios que a circundavam. Contudo, a narrativa bíblica, repleta de conflitos e catástrofes, parecia distante de oferecer a compreensão almejada.

Com simplicidade, ela ponderava sobre o papel de um Deus benevolente diante da permissão de eventos trágicos, tanto no passado quanto no presente. Se Deus possuía todo o poder, por que permitir o sofrimento de tantas pessoas? Isso seria a expressão de um amor divino ou existiriam *nuances* e mistérios além de sua compreensão?

A leitura da Bíblia, longe de proporcionar respostas tranquilizadoras, ampliava o escopo de suas perguntas. Em meio a esse dilema teológico, percebia que o entendimento de Deus era um terreno complexo e intrincado, quase como os desafios cotidianos que enfrentava. Seu tempo e energia já eram consumidos pelas demandas cotidianas, e o universo religioso tornava-se um campo minado de incertezas.

Guiada pelo sábio conselho de sua avó, reconhecia que seria prudente evitar discussões profundas sobre política, futebol e religião, temas que, para ela, pareciam carregar uma carga intensa de emoção. Assim, resolveu encerrar temporariamente esse capítulo em sua trajetória, ciente de que suas preocupações habituais já eram mais do que suficientes para toda a sua existência.

E Alice prosseguia atravessando seus dias com passos hesitantes, imersa na incerteza que os envolvia. Os recursos advindos da entrega do bebê estavam se dissipando rapidamente, e a dificuldade em encontrar emprego acentuava as necessidades mais prementes do que os recursos disponíveis poderiam atender. Uma parcela do dinheiro foi direcionada ao cuidado da saúde materna, embora sem resultados positivos. A quantia também contribuiu para o sustento do lar, possibilitando, assim, a sobrevida da família.

— Trouxe comida para garantir nosso sustento ao longo do mês – anunciou ao adentrar a residência, carregando consigo sacolas repletas de compras.

— É incrível imaginar que teremos abundância pelo segundo mês consecutivo! Já vou preparar algo, a fome está insuportável! – exclamou um dos irmãos, enquanto vasculhava as sacolas.

— Peguem o que quiserem, mas não se esqueçam de preparar também algo para a mãe. Vocês já são crescidos e devem colaborar comigo na responsabilidade de cuidar dela – instruiu Alice.

— Tamo junto, Alice. Pode contar com a gente.

Testemunhar a satisfação dos irmãos constituía seu único alívio quando rememorava os eventos passados. Diariamente, a saudade de Topete e do filho que conceberam continuava a habitar seus pensamentos e coração.

Atualmente, os irmãos conseguiam alguma renda por meio de ocasionais trabalhos informais nas quitandas locais do morro. Eventualmente, contribuíam na oficina do senhor Francisco, realizando reparos em bicicletas, ou desempenhando serviços de entrega para a farmácia da região. Faziam malabarismo nos sinais de trânsito – com bolas no ar e o estômago vazio.

A situação torna-se praticamente inelutável diante do fascínio exercido pelo poder paralelo. Alice, consciente dos riscos e desfechos trágicos enfrentados pelo ex-namorado, relutantemente aceita que, em meio às dificuldades financeiras, envolver-se com os "donos do morro" representa a alternativa mais viável. Ninguém nasce para isso. Mas quando não há escolha... parece que nasceu.

11

De volta à prostituição

A dor não foi fim, mas gatilho.

Ao atingir os 18 anos, Alice chegou à conclusão de que, no instante presente, ingressar no cenário de uma casa de prostituição representava sua escolha mais viável. Essa decisão, embora marcada por uma ingenuidade contraditória, incutiu em Alice a esperança de conquistar significativos ganhos financeiros, transferir-se para um bairro mais próspero e era, enfim, a chance de mudar sua situação e cuidar dos que dependiam dela.

Desde a infância, fora alimentada com a narrativa de que a única maneira para pessoas como ela ascenderem socialmente era por meio de um casamento estratégico, visualizando tal união como um bilhete para um futuro mais promissor, proporcionado por um homem financeiramente estável. Consciente da ausência de castelos de princesas e contos de fadas na realidade, Alice não via essa opção como sua única chance de transformação.

Refletindo frequentemente a respeito do fato de muitas mulheres alcançarem o sucesso por méritos próprios, acreditava que também possuía a capacidade e as habilidades necessárias para superar adversidades por conta própria. Assim, resignou-se a esse pensamento equivocado. Ao deparar-se com o anúncio de uma boate em um bairro nobre, anotou o endereço e iniciou a busca por essa oportunidade, alimentando a esperança de que, mesmo nesse contexto, pudesse trilhar um caminho de autossuficiência e superação.

— Boa noite. Ouvi dizer que há uma demanda por profissionais para trabalhar aqui.

— Alguma indicação trouxe você até aqui? – indagou a cafetina.

— Não. Vi um anúncio no jornal e tenho interesse em ingressar.

— Possui experiência na área?

— Sim, tenho – respondeu, expressando constrangimento.

— Sua presença é notavelmente distinta para este ambiente, mas se está determinada, pegue seus pertences, dirija-se ao quarto à esquerda. Te mando cliente em cinco minutos. Se vira.

Alice inspirou profundamente e acatou as orientações da cafetina. A noite resultou em atender a cinco clientes. Seu estado emocional estava fragilizado, mas a resistência tornou-se imperativa.

Imaginava, de forma ingênua, que os dias em um bordel não seriam piores do que a dura realidade da miséria. Contudo, a realidade não se desdobrou conforme antecipado. O propagado "bairro nobre", conforme veiculado no anúncio jornalístico, revelou-se ser, na verdade, uma região notória por atividades de prostituição nos arredores do Maracanã, denominada Vila Mimosa. Esse local, composto por modestas construções iluminadas por luzes vibrantes, exalava o aroma de intimidade, tabaco, substâncias entorpecentes e álcool.

Nem em seus mais sombrios devaneios concebera a possibilidade de existência de um local como aquele. Naquele ambiente, as mulheres se subjugavam a situações extraordinariamente desafiadoras e extravagantes com o intuito de agradar à clientela.

Desde formas de abuso até ameaças intimidadoras, o espectro de experiências era amplo. Se pudesse documentar as vidas dessas profissionais e compartilhar nas plataformas digitais, teria milhões de seguidores.

Todavia, é imperativo reconhecer que muitas dessas trabalhadoras do sexo optam pelo anonimato, resguardando suas imagens para preservar relações familiares e evitar potenciais estigmas sociais. É importante observar que, apesar de algumas profissionais possuírem perícia em se impor e, eventualmente, apreciarem sua ocupação, constituem uma minoria nesse contexto desafiador.

O recinto era frequentado por uma ampla variedade de indivíduos, e Alice gradualmente se habituou a testemunhar uma série de eventos singulares que, por vezes, inspiravam temor.

Cada despir de um cliente era um verdadeiro martírio, pois contrastava drasticamente com a experiência de compartilhar intimidade com alguém por genuíno desejo e paixão. Trocar tal intimidade por transações financeiras tornava-se uma prática árdua, em que a suposta "vida fácil" se revelava mais complexa e desafiadora do que ocupações como transporte de drogas, vigia ou observador no tráfico de entorpecentes.

No âmbito do tráfico, embora se esteja à margem da sociedade, as humilhações iniciais podem ser relativamente menores. A submissão aos caprichos dos superiores, a ameaça de ser preso ou de cair sob fogo cruzado é real, mas há quem se esconda por trás das ordens. A participação nesse contexto não implica, de imediato, a aniquilação da própria humanidade. No entanto, ao se envolver na venda do próprio corpo, a distância se dissipa e a exposição à degradação torna-se inescapável.

A venda da própria dignidade, indiscriminadamente, ressalta a crescente percepção de Alice a respeito do alto preço que pagava em troca da ilusão de ganhos financeiros "fáceis".

Certa noite, depois do quinto cliente, Alice se deixou cair no chão gelado do quarto. O corpo doía, mas o que pesava mesmo era o vazio. Por um instante, esqueceu quem era, o que fazia ali, e por que tudo tinha chegado àquele ponto. Então, no meio do silêncio sufocante, algo dentro dela se rompeu.

— Eu vou embora – comunicou, firme, ao sair do quarto e encarar a cafetina no corredor.

A mulher ergueu os olhos, soltando a fumaça do cigarro com desdém.

— Você está buscando um aumento, é isso? Não vou conceder nada.

— Não, senhora. Agradeço por me ter acolhido, mas desejo retornar ao meu lar.

A cafetina soltou uma risada seca, sem humor.

— Então vá embora, sua ingrata. A porta da rua é a serventia da casa – respondeu, ressentida.

Alice não rebateu. Apenas virou as costas com dignidade e desceu as escadas, passo por passo, como quem sai de um cativeiro. Pela primeira vez em muito tempo, sentia-se dona do próprio destino.

Partiu do prostíbulo sem olhar para trás. Contudo, o que não antevira era que, nesse regresso, seria surpreendida por mais uma gravidez, um novo capítulo em sua jornada.

Por sorte, durante o pré-natal, os resultados dos exames revelaram-se negativos para HIV, HPV, hepatites e outras doenças venéreas que ela poderia ter contraído, considerando que nem todos os clientes acatavam o uso de preservativos. Embora o uso fosse obrigatório, por vezes, o cliente oferecia uma gratificação para realizar o ato sem a devida proteção.

Alice, às vezes, sucumbia às tentações do "ouro" e acabava por ceder ao desejo do cliente. O dinheiro, reiteradamente, figurava como a variável preponderante, uma força que ditava suas escolhas e decisões, enquanto ela navegava por um mar tumultuado de circunstâncias desafiadoras. Essa narrativa, marcada por escolhas difíceis e concessões inevitáveis, desdobrava-se como um intricado novelo de experiências que moldariam o seu destino de maneira imprevisível.

Todo encontro com um novo cliente trazia consigo uma mistura de ansiedade e incerteza. Imatura, nunca sabia ao certo o que esperar, nem qual seria o preço a pagar. Às vezes, o desespero por dinheiro a levava a uma exposição até a situações perigosas, ignorando os riscos que isso poderia acarretar para sua saúde e segurança.

No entanto, havia momentos em que ela se via confrontada com a realidade brutal de sua situação e o peso de suas escolhas recaía sobre ela como uma avalanche, fazendo-a questionar suas motivações. A luta interna entre a necessidade de sobreviver e a busca por dignidade e autorrespeito a consumia, deixando-a exausta e desgastada.

Mas, apesar das dificuldades, havia uma centelha de esperança que persistia dentro dela. Uma crença de que, um dia, encontraria uma saída desse ciclo vicioso de exploração e desespero. Era essa esperança que a mantinha firme, mesmo nos momentos mais sombrios, alimentando sua determinação de encontrar um futuro mais promissor. Em seu íntimo, acreditava que havia algo além da luta diária – e não descansaria até alcançar.

Deparar-se com o desafio de enfrentar uma nova gravidez não foi nada fácil. Desta vez, os receios que envolvem uma gestação vieram acompanhados da insegurança por gerar um filho do qual Alice sequer sabia quem era o pai. Ainda assim, desta vez, decidiu traçar um destino diferente para sua vida. Não tinha dinheiro, tampouco a perspectiva de um futuro tranquilo, mas buscou dentro de si a determinação para encarar a maternidade e cada um dos obstáculos que poderiam surgir pela frente. Amadurecida, neste instante tinha a certeza de que estava pronta para a missão de ter uma criança sob sua responsabilidade.

Sentia-se uma nova mulher, fortalecida e repleta de coragem para trilhar sua caminhada. Sabia que não seria fácil, mas estava disposta a fazer com que as coisas dessem certo desta vez.

12

Soldado do tráfico

Escrever era resistir calada.

Retornando à comunidade, Alice compartilhou sua condição com o irmão Leonardo, prestes a completar 18 anos, que prontamente propôs a ideia de assumirem, juntos, a responsabilidade por essa criança.

Leonardo valorizava os sacrifícios da irmã, que sempre se desdobrara para manter a casa de pé. Sentia-se na obrigação de retribuir. Mas, durante a breve ausência dela, tomou um rumo inesperado – e doloroso para quem o conhecia. Entrou para o tráfico. O ganho era alto, muito acima de qualquer bico, mas longe de ser fácil. Cada centavo podia custar a própria vida. E, embora soubesse dos riscos, já estava envolvido demais para voltar atrás.

Ao retornar, Alice deparou-se com a antiga residência familiar, recentemente devastada por um incêndio desencadeado pelo surto da mãe, em pleno processo de reconstrução. Ao constatar que o dinheiro enviado para o irmão estava sendo empregado com êxito, a felicidade tomou conta dela. Sob a orientação de um engenheiro local, ele estava erguendo um notável edifício de três andares. O projeto era excepcional: cada um dos pavimentos teriam varandas bem planejadas, e a fachada seria revestida por um reluzente tom de amarelo, o que certamente a destacaria das demais construções, atraindo a atenção de quem por ali passasse. Após concluída, a obra seria um esplendor, e, para aqueles que não conheciam o local, seria desafiador imaginar que ali um dia existira um modesto barraco.

— Irmã, enfrentamos desafios juntos e superamos. Vamos permanecer apoiando um ao outro, como a família que sempre fomos! – declarou Leonardo.

— Outras famílias enfrentam problemas, mas a nossa parece ser marcada por desafios – brincou ela em resposta.

— Vamos focar na criação desse bebê? Ele será profundamente amado, e posso assegurar que não lhe faltará nada.

— Admito que tenho receio em aceitar sua ajuda. Mas você sabe o quanto quero conquistar meu espaço e me sentir realizada.

— Esquece esse orgulho besta. A gente é família.

— Está bem. Aceito permanecer aqui por algum tempo.

Em um abraço emocionado, selaram a decisão.

Uma vez tomada a decisão de manter a criança, Alice realizou todas as consultas de pré-natal no centro de saúde da comunidade. Seu anseio era proporcionar um futuro distinto para o novo membro da família, consciente de que do outro bebê desconhecia até mesmo o nome, uma lacuna que lhe causava profunda dor.

Leonardo, que nesta fase já contava com 19 anos, desempenhou um papel de apoio crucial na vida de Alice, demonstrando sensibilidade e generosidade. Apesar de sua participação no tráfico, revelava-se um jovem dotado de habilidades comunicativas, conquistando cada um ao seu redor com seu inabalável senso de justiça e liderança naturais.

Dotado de perspicácia, Leonardo atraiu a atenção de Gavião Malhado, o gerente do morro, que viu potencial em sua capacidade e decidiu investir em sua trajetória dentro da hierarquia. Embora não ocupasse oficialmente a posição de chefão, comandava como tal. A verdadeira identidade do dono do local permanecia envolta em mistério, com rumores indicando uma residência na Barra da Tijuca, um bairro abastado, mas sem confirmação. O que importava, entretanto, era que as ordens fluíam, esse homem enigmático controlava tudo. Possivelmente, somente Gavião Malhado mantinha contato pessoal com ele.

O chamado ao serviço militar escancarava o quanto o percurso de Leonardo estava longe de ser simples. Apesar de manter sentimentos nobres, seu envolvimento com o tráfico gradualmente o transformava em uma figura temida e robusta. Em um curto intervalo de tempo, seu destaque resultou na ascensão de cargo, culminando com a posição de braço direito de Gavião Malhado.

Leonardo fez tentativas para aderir aos preceitos orientados pelo padre Jorge, mas inevitavelmente viu-se inserido na dura realidade que lhe era imposta. A espera por oportunidades que nunca surgiam e o desencanto tornaram-se as forças motrizes por trás de sua decisão de ingressar no tráfico, uma escolha compartilhada por muitos.

— Padre Jorge menciona dedicação, mas a realidade aqui não permite espaço para isso. As oportunidades que ele descreve parecem um conto de fadas – desabafou em uma de suas conversas com amigos da comunidade.

— Nossa realidade é aquela com a qual acordamos e nos deparamos todos os dias, Leo.

— Esse padre vive de utopia – completou outro amigo.

Sua ascensão a uma posição de liderança no tráfico alcançou um ponto em que sua presença quase se tornara insubstituível. O sucesso alcançado propiciou-lhe uma rara satisfação pessoal, marcando seu primeiro reconhecimento.

— Leonardo, a galera tá falando que você tá mudando tudo. Isso é coisa de gente grande! – comentou um dos companheiros de Leonardo, impressionado com suas iniciativas no tráfico.

Rapidamente, adquiriu conhecimento a respeito da intricada engrenagem do negócio, introduzindo ideias inovadoras de forma gradual, sem imposição. Os resultados positivos conquistados foram cruciais para a acumulação de responsabilidades e a evidência de sua importância.

— E se a gente fizer assim? – sugeriu Leonardo em uma reunião com outros membros do tráfico, apresentando suas propostas com cautela.

Ao longo do tempo, Leonardo tornou-se implacável, conquistando significativa confiança da liderança do tráfico. Em situações de tumulto na favela, que poderiam expor o grupo aos olhos da polícia e rivais, as já severas punições transformaram-se nas máximas da facção.

— Não podemos permitir que isso manche a reputação do nosso morro! As punições precisam ser exemplares! – declarou Leonardo durante uma reunião, defendendo a necessidade de ações rigorosas para preservar a ordem na região.

As sanções aplicadas variavam desde tiros nas mãos, pauladas, expulsão da comunidade, até métodos brutais, como a "morte no micro-ondas" (incineração de desafetos em fogueiras com combustível e pneus), entre outras formas de morte violenta, todas elas aterrorizantes. Era imperativo que os moradores conhecessem as consequências para aqueles que desrespeitavam as leis da favela, sendo os castigos proporcionais à gravidade de cada infração.

— Você sabe que isso é necessário para manter a ordem. Não podemos deixar que a desordem se instale em nosso território! – justificou Leonardo em uma conversa com um dos moradores, buscando explicar as medidas extremas adotadas.

Era a ordem imposta pelo medo, em que o mais forte subjuga o mais fraco. Um exemplo emblemático e amplamente conhecido foi o destino de Flávio, também conhecido como Piriá, um amigo de infância de Leonardo. Ao furtar um grupo de turistas próximo ao morro e atrair a atenção da mídia e da polícia para a favela, foi punido com tiros nos pés e expulso da favela. Se retornasse, enfrentaria a ameaça de morte.

Esses eventos deixavam marcas profundas, alimentando o ciclo de violência e medo que envolvia a realidade dos moradores. O silêncio era a moeda corrente, a única garantia de sobrevivência em um ambiente onde a menor infração poderia resultar em consequências fatais.

Alice testemunhava essas brutalidades com um misto de horror e resignação. Por um lado, compreendia a necessidade de manter uma certa ordem na favela, especialmente perante as ameaças externas. Por outro, o preço humano dessas medidas extremas era alto demais, e ela se perguntava se havia uma saída para enfrentar esse modelo opressor.

À medida que sua gravidez avançava, o peso das escolhas que fizera tornava-se ainda mais palpável. Ela não podia deixar de se perguntar para que tipo de mundo estaria trazendo seu menino, e se seria capaz de protegê-lo das mesmas brutalidades que testemunhava e até já experimentara.

Mas uma coisa era certa: faria o que fosse preciso para garantir a segurança e o bem-estar dele. Nem que isso lhe custasse a pele, o sono ou a alma.

Naquela noite, com o corpo cansado e a barriga já pesada, Alice puxou uma folha qualquer do fundo da gaveta, apoiou sobre o joelho e começou a escrever.

Não sabia por onde começar. Nem quem leria. Mas precisava tirar de si aquela dor surda que não cabia mais no peito.

"Hoje o céu sobre o Sapo estava da cor do medo".

As palavras vieram trêmulas, depois firmes. Ela escreveu sobre a fome. Sobre o silêncio que a rodeava. Sobre a promessa que fazia todos os dias para o filho ainda não nascido: que ele não seria esquecido.

Quando parou, respirou fundo. Não estava mais leve – mas, pela primeira vez em dias, sentia-se inteira.

13 Entre amores e desafios

Amava. Mas com os olhos abertos.

Agora, Alice voltava sua atenção para o bebê, que se aproximava. Como pôde permanecer em casa, decidiu dedicar-se aos estudos, consciente de que, de maneira peculiar, seus irmãos mais novos estavam bem assistidos, trabalhando para pequenos empresários locais. Uma sensação de ajuste gradual se instaurava, à exceção da mãe, que se tornava cada vez mais dependente das drogas.

Alice nutria a esperança de que seus estudos proporcionariam oportunidades para um emprego estável e condições adequadas para criar uma família. Se não conseguisse sair como sempre sonhou, poderia permanecer ali mesmo, mas o que mais almejava era não depender do dinheiro de Leo, pois desejava evitar essa ligação financeira.

Estudou num projeto educacional destinado a jovens e adultos, colhendo bons resultados com sua dedicação. Ela havia avançado, sim. Mas, às vezes, a realidade parecia puxá-la de volta como um elástico prestes a arrebentar. Toda conquista vinha com luta – e nenhuma vitória escapava do cansaço. Quando chegou a hora do nascimento, seu irmão Leonardo, escolhido como padrinho, já tinha providenciado o berço e todo o enxoval para o neném. Um menino. Ele se chamaria Fernando.

No hospital, as lembranças dolorosas do outro filho, do qual não tinha notícias, assomaram, mas Alice dissipou-as ao ouvir o chorinho de Fernando.

— Olha, mãezinha, seu filho é lindo! – disse o médico.

— Posso segurá-lo? – perguntou.

— Claro! Pegue seu bebê!

— Que alegria ter você em meus braços! – disse Alice olhando cheia de ternura para a criança, recordando que o primeiro filho não teve a mesma oportunidade. Sabe-se lá por onde andaria o seu primogênito.

Agora, ela experimentava a maior emoção do mundo. Seu menino iria com ela para casa e juntos viveriam muitas alegrias. Estava determinada a fazer o que fosse preciso, e estudar muito era um dos seus principais objetivos. A educação já havia promovido a inclusão social de muitos pobres, e ela estava determinada a ser mais uma pessoa cuja realidade seria transformada pelos estudos. Sua decisão estava tomada, e era só uma questão de tempo.

— Meninos, vocês viram como é incrível o berço que o Leonardo providenciou? O mais novo membro desse lar terá um cantinho muito especial – falou com o bebê em seus braços.

Com o término do resguardo, planejava retomar os estudos com fôlego renovado, apresentando-se com uma motivação que ultrapassava as fronteiras convencionais. Nada seria igual ao passado; tornar-se-ia uma mulher negra, oriunda da favela, determinada a impactar positivamente a realidade dos moradores.

— Alice, tenho certeza de que esse recomeço será extraordinário! Você merece todo o sucesso nos estudos! – afirmou a amiga Margarete, como sempre fez com suas conquistas.

De fato, assumia suas responsabilidades, equacionando os cuidados com o filho e a mãe, simultaneamente dedicando-se aos estudos de forma intensiva.

— Fernando está descansando pacificamente, irmã. Pode se concentrar nos estudos. – assegurava o irmão caçula.

Alice preparava-se para moldar o destino desejado para sua família, embora um sonho se distanciasse progressivamente a cada dia: tirar o irmão do tráfico, uma tarefa cada vez mais difícil. Mesmo sendo inteligente, Leonardo via-se cada vez mais enredado por aquela realidade.

— Leonardo, sei que é difícil, mas acredito que podemos mudar nosso rumo. Vamos fazer isso juntos, irmão!

— Estou preso nisso, irmã. Para mim, é tarde demais!

Contudo, a jornada persistia. E talvez o papel de Leonardo fosse proporcionar aos irmãos uma oportunidade de reinício, visando à perspectiva de uma vida digna e repleta de alegrias, dada a profunda compreensão que tinha a respeito dos infortúnios da existência, mesmo que a dele estivesse constantemente em perigo.

Os líderes do tráfico, mais uma vez, expressariam reconhecimento pelos relevantes serviços prestados por Leonardo. Não era desconhecido que Dona Marta, sua genitora, se encontrava imersa, ao longo de alguns anos, em um ciclo persistente de recaídas, oscilando entre períodos de internação. Sempre que sua condição física e emocional aparentava melhoras, sucumbia à busca por bebida e substâncias entorpecentes, comprometendo qualquer esforço de reabilitação.

A situação atingiu ponto culminante quando, durante um episódio de surto, ela despejou cachaça na mamadeira do neto. Fernando recebeu os primeiros cuidados no posto de saúde do bairro, mas, devido à gravidade do quadro, necessitou ser transferido para um hospital.

Essa foi a segunda ocorrência grave provocada por ela. Na primeira vez, quase perdeu a vida devido à asfixia causada pela fumaça no incêndio que provocou em sua residência. Se não fosse pelos esforços dos vizinhos para conter o fogo e retirá-la, os bombeiros não teriam tido tempo de salvá-la. A casa foi reduzida a escombros e, posteriormente, reconstruída por Leonardo.

Esse incidente marcou o início de mais alguns desafios que a família ainda teria pela frente. Parecia que Dona Marta estava prestes a se envolver em mais uma situação complicada. Após o ocorrido com o neto, ela se culpou, afundando-se no álcool. Embriagada, acabou derrubando acidentalmente um recipiente contendo óleo quente, resultando em queimaduras graves nas mãos. Sentindo a intensa dor dos ferimentos e completamente desorientada, colidiu com uma vela acesa, desencadeando um novo incêndio.

Dessa vez, o caçula conseguiu controlar as chamas e, juntos, os irmãos trabalharam para minimizar os estragos na residência. Reconhecendo que a divulgação de detalhes ao líder do morro poderia acarretar consequências severas para sua mãe, decidiram não compartilhar os eventos. Apesar de demonstrarem generosidade, a liderança local era exigente, e a falta de aproveitamento das oportunidades concedidas poderia complicar a situação para aqueles sob sua proteção.

Entre as idas ao hospital para ver o filho e os cuidados com dona Marta, Alice começou a se sentir sobrecarregada. Foi então que pediu ajuda à vizinha dona Luísa, sempre disposta a colaborar quando necessário. Apesar disso, os episódios de instabilidade da idosa continuavam.

Numa dessas vezes, enquanto Alice estava no hospital, dona Marta conseguiu sair sem ser notada – dona Luísa, ocupada com as tarefas da casa, não percebeu. Assim que recebeu o telefonema de alerta, Alice atendeu imediatamente, tomada pela preocupação.

— Alice, sua mãe desapareceu!

O chão pareceu sumir debaixo dos pés dela. Pensou nas últimas vezes em que a vira – o olhar perdido, o cheiro forte de álcool. Não era surpresa, mesmo assim doía. Sempre doía.

— Meu Deus! O que aconteceu?

— Deixei a porta aberta por um instante, e quando percebi ela tinha sumido!

— Estou indo! Não se preocupe. Vamos encontrá-la! Precisamos interná-la outra vez!

A mulher enferma perambulou pela favela, manifestando delírios, proferindo palavras desconexas e dirigindo insultos a quem cruzasse seu caminho. Uma das sentinelas, encarregada da vigilância no quartel do tráfico, identificou a situação e imediatamente informou ao líder, que mandou avisar Leonardo e ordenou o resgate da mulher para um local seguro, convocando cada um dos filhos para uma reunião.

— Temos que agir rapidamente! A mãe do Leonardo está em uma situação crítica!

— Parece ser a mesma coisa de sempre. Acredito que ela esteja enfrentando um sério problema de depressão.

— Vamos avaliar o que podemos fazer para oferecer ajuda.

Alice atendeu ao chamado com o coração na garganta. O som da voz do outro lado já denunciava a urgência. Todo passo até o local era um duelo entre o medo e a esperança.

No entanto, os serviços de Leonardo vinculados à facção proporcionaram a eles o privilégio de receber auxílio para a situação de sua mãe. Gavião Malhado, o líder do grupo, convocou a enfermeira do posto local para acionar os serviços de saúde mental e facilitar a internação de Dona Marta. A subsequente investigação revelou que a mãe sofria dos efeitos do vício, apresentando sérios transtornos mentais. Indivíduos nessa condição frequentemente vivem reclusos, imersos em tristeza, depressão, e estão quase sempre alcoolizados ou sob a influência de substâncias entorpecentes.

Diante desse quadro, ficou claro que dona Marta necessitava de ajuda especializada, incluindo a intervenção de um psiquiatra, dada a evidência dos recentes eventos. A decisão do grupo de contraventores foi unânime: proporcionar um tratamento adequado para a mãe do "colega de trabalho".

14

Virando a página

Dores que não dão febre.

Foram tempos desafiadores, mas Alice manteve sua dedicação aos estudos e a força para cuidar de seus familiares. Fernando, agora com dois anos, testemunhou a sua conclusão do ensino médio e a sua dedicação ao se preparar intensivamente para o Exame Nacional do Ensino Médio (Enem).

O nascimento do filho tornou-se uma fonte de renovação para ela. Uma transformação evidente ocorreu em seu estado de espírito, neste instante permeado por esperança e alegria nas pequenas conquistas cotidianas, como os sorrisos, as primeiras palavras e os primeiros passos de seu menino.

Ao enfrentar o Enem, Alice carregava consigo a responsabilidade e a pressão, mas sua preparação diligente sustentava sua confiança. Embora antecipasse desafios na área de exatas, acreditava que poderia obter um desempenho notável em humanas, área na qual sua afinidade era mais pronunciada. O reconhecimento de sua sensibilidade na escrita por parte da professora de redação a impulsionava, refletindo-se nas frequentes colocações destacadas de seus textos nas avaliações.

Aguardando ansiosamente o resultado oficial por quase três meses, Alice viu na análise preliminar do gabarito um alento, indicando que sua performance não havia sido desapontadora. Durante esse período de espera, ela não se deixou imobilizar pela incerteza, canalizando sua energia para gerar ideias inovadoras. Como parte desse ímpeto criativo, Alice organizou um grupo na comunidade, reunindo mulheres de diversas idades para compartilhar conhecimentos e fortalecer os laços que as uniam. Essa iniciativa não somente refletiu a resiliência de Alice diante da espera, mas também evidenciava seu compromisso com a promoção do crescimento coletivo. Seu objetivo era criar atividades que revitalizassem a autoestima e proporcionassem novas perspectivas, visando alívio tanto emocional quanto financeiro.

Surpreendentemente, Alice identificou diversos talentos ocultos na comunidade, incluindo habilidades em costura, bordado, desenho e *design*. Essa descoberta inspirou a concepção de um projeto ambicioso: a realização de um grande desfile de moda. Consciente dos desafios e ciente do longo percurso que a esperava, Alice reconhecia a importância de dar o primeiro passo na busca por seus sonhos elevados.

Por um período, a iminência do resultado das provas e a possibilidade de ingressar em uma universidade foram temporariamente relegadas ao segundo plano nos pensamentos de Alice. Sua dedicação integral concentrou-se em estabelecer parcerias com instituições voltadas para a qualificação de mulheres e jovens interessadas em contribuir para o desenvolvimento da região. Dessa forma, ela assumiu o papel de intermediária entre os moradores e uma ONG instalada no Morro do

Sapo. A proposta da ONG era aprimorar e orientar os talentos locais, proporcionando benefícios abrangentes e uma trajetória revitalizada para aqueles que enfrentavam vidas exauridas e carentes de esperança.

Nesse ínterim, o garoto de Alice florescia em sua trajetória de crescimento, tornando-se um belo menino de pele morena e olhos verdes. A aproximação da fase escolar era iminente, e, com exceção de Leonardo, todos os irmãos já estavam encaminhados em seus estudos. O anseio por presenciar a transformação deles por meio da educação impulsionava os esforços de Alice.

O trabalho conquistava cada vez mais respeito e credibilidade entre os habitantes do Sapo, deixando-a feliz. Talvez por esse motivo, ela também parecia cada vez mais bonita. As alunas do curso de moda, por sua vez, sugeriam que ela poderia se tornar uma excelente modelo. No entanto, não seria a única, já que na comunidade havia mulheres muito belas. Embora inicialmente passassem despercebidas, à medida que ganhavam confiança em si mesmas iam revelando toda a sua beleza.

Alice, progressivamente, estendeu suas ações para incluir garotos, jovens e homens, proporcionando oportunidades diversas. O projeto oferecia uma gama de cursos, desde maquiagem, modelagem e manicure até áreas mais técnicas, como *design* de sobrancelhas, mecânica, tornearia, construção civil, grafite, *web design*, entre outros. Eles buscavam conhecimento visando a uma vida mais digna.

Embora extremamente gratificante, Alice enfrentava uma questão delicada. O financiamento para essas iniciativas provinha da verba da própria ONG, mas o espaço usado para as atividades pertencia ao tráfico. Na comunidade, em grande parte esquecida politicamente, uma parcela do apoio vinha das mãos dos líderes locais. Ela até admirava a iniciativa deles em distribuir frutas e verduras todas as sextas-feiras na favela, como uma boa ação, um projeto de seu irmão Leonardo, que não tolerava a ideia de fome em sua área. Possivelmente, esse era o jeito dele de contribuir para o social, influenciado pelos desafios enfrentados na infância.

E a preocupação de Alice era simples: ela tinha plena consciência de que a conta chegaria, mais cedo ou mais tarde. Balançou a cabeça para afastar esses pensamentos e manter o foco no trabalho.

Alice, por fim, obteve o resultado de sua prova, possibilitando-lhe a escolha da faculdade de Direito. Com uma nota positiva, vislumbrava horizontes mais elevados. Tomou as providências para a matrícula e, simultaneamente, concentrava esforços nos projetos desenvolvidos no bairro.

Observava o progresso de diversas iniciativas promissoras. Em um prazo máximo de seis meses, planejava realizar o primeiro desfile, destacando a mão de obra local e os modelos oriundos da própria comunidade.

Restavam alguns detalhes a serem finalizados, como a definição do nome para as roupas a serem lançadas, um nome para a marca. Na perspectiva de Alice, esse aspecto era crucial para o sucesso do empreendimento. As instrutoras afirmavam que os modelos seriam calorosamente recebidos no mercado devido à sua criatividade. As primeiras peças produzidas para o mostruário foram recebidas com entusiasmo, proporcionando uma experiência positiva para todos os envolvidos. Em um contexto em que a exclusão era uma constante, o reconhecimento representava a evidência de que a luta poderia resultar em conquistas significativas.

Após votação, optaram pelo nome da marca: "Alice Modas", uma homenagem à mentora do projeto. Os *designers* locais foram responsáveis pela criação da logomarca e toda a programação visual. Este era mais um passo concretizado nesse ambicioso empreendimento. Alice já iniciara sua jornada na faculdade, dividindo o seu tempo entre os cuidados com o filho, que frequentava a creche, o projeto social e os estudos. Apesar da crescente escassez de tempo, a satisfação experimentada era proporcionalmente maior.

Refletiu a respeito daquele distante dia em que deu à luz seu primogênito, imaginando como sua realidade teria sido mais completa se não tivesse tomado a decisão de entregá-lo para adoção. No entanto, resignou-se com as conquistas dessa nova fase.

Lá vinha ela novamente com essa história de Deus. Questionava-se se, porventura, esse Ser Supremo havia finalmente voltado Seu olhar para ela e sua comunidade. A resposta era desconhecida, mas ela tinha consciência de que permanecer inerte não a levaria a lugar algum. Por isso, empenhava-se, trabalhava arduamente e incentivava todos ao seu redor a fazerem o mesmo.

O tempo voou e subitamente era novembro. Optaram por realizar o desfile da "Alice Modas" no dia 20 de novembro, Dia da Consciência Negra, pois as estampas desenvolvidas estavam intrinsecamente ligadas à negritude e às origens africanas. A quadra da comunidade foi escolhida como palco para esse grande evento.

Escolheram jovens, tanto moças quanto rapazes, que, cheios de orgulho, compareceram ao evento no dia designado, repletos de energia, entusiasmo e disposição. Alice era a anfitriã da noite, recebendo os convidados e encaminhando-os alegremente aos seus lugares. Para a abertura, organizou uma batalha de *rima* com as crianças da comunidade. Em determinado momento, ela também participou da apresentação, compartilhando a história cotidiana. O sucesso alcançado foi total e superou todas as expectativas.

Deixe-me narrar, minha gente,
Aqui, nesta passarela,
Em detalhes vou contar,
O conflito da favela.

As crianças jogam bola,
Brincam, sem temer dilemas.
Mas também vão à escola,
Aprender estratagemas.

Agora é a minha vez
de falar com convicção.
Políticos lembram de nós
Só na hora da eleição.

Para entrar nesse embate,
Convença com discurso forte.
Diga algo importante
Para amparar a nossa sorte.

Eu entro para tornar
essa rima envolvente.
A arte é o meu tráfico,
Um vício bem cativante.

Hip hop é meu destino.
Minha hora vai chegar.
Com vocês divido o sonho
De melhorar o nosso lugar.

Cada criança necessita,
Para crescer com dignidade,
De oportunidades infinitas,
E alcançar sua felicidade.

O desenrolar dos acontecimentos ultrapassou todas as expectativas da idealizadora. Até representantes da imprensa estrangeira estiveram presentes, encantando-se com as peças apresentadas, a beleza dos modelos e a deslumbrante paisagem do Rio de Janeiro, vista do alto. Entre os espectadores, Alice avistou Márcia Siqueira e mal podia acreditar. Márcia, uma advogada renomada e engajada em questões sociais, tornou-se um exemplo para Alice. Era uma honra ter sua presença ali.

Ao término do desfile, convites para apresentações em outros estados e até mesmo no exterior já eram uma realidade. Alice custava a acreditar. Sonhar era, de fato, possível. Observando seu menino, um dos modelos mais elogiados, lágrimas escorriam de seus olhos. Uma mistura de orgulho pelo talento do pequeno e emoção ao ter a certeza de que ele teria uma vida longe do tráfico, distante daquele cenário.

Era um feito notável em um curto período. Alice tinha plena consciência de que, para atingir cada um dos objetivos, havia um longo caminho pela frente. Contudo, só o fato de serem olhados com respeito e admiração já fazia a vida valer a pena. Embora a comunidade perdesse muitos jovens para o tráfico, o projeto também resgatava vidas para uma nova jornada, repleta de trabalho digno e respeito. Obtido com esforço, mas capaz de permitir que esses indivíduos caminhassem de cabeça erguida em direção a novos sonhos e realizações.

Com o sucesso aparentemente garantido, novos parceiros surgiram. Fábricas de tecidos, linhas, tintas e muitos outros queriam associar suas marcas a um projeto tão significativo. Alice acertara em cheio, e os parceiros contavam com hábeis assessores de imprensa para dar visibilidade ao trabalho desenvolvido. A mobilização resultou em matérias em jornais, revistas, *sites* e canais de televisão.

A grife consolidou-se e começou a gerar lucro. Com o salário que recebia, Alice conseguiu alugar uma modesta casa na vizinhança, optando por não permanecer no prédio construído pelo irmão com recursos do tráfico. O proprietário permitiu que ela e seus vizinhos fizessem pequenas reformas, realizando um trabalho belíssimo em mutirão. Martelos, pregos e tintas para todos os lados, mas a primeira casa de Alice merecia todo esse esforço.

15

Uma triste despedida

O luto é o amor que não tem mais onde morar.

A narrativa de Dona Marta emerge como um capítulo doloroso na trajetória da jovem mulher. Apesar de seus esforços notáveis para preservar a sobriedade, seguindo a orientação atenta de profissionais da saúde mental e abstendo-se de substâncias psicoativas, ela viu-se envolta em uma triste batalha contra os anos de autodestruição, cujo ônus inevitavelmente se refletiu em sua saúde.

Nesse contexto, a sua morte serve não apenas como uma triste despedida, mas também como um lembrete pungente da fragilidade humana e das consequências inelutáveis dos caminhos tortuosos escolhidos.

Alice, por sua vez, absorveu o impacto desse desfecho trágico com uma tristeza profunda, notavelmente desprovida de qualquer ressentimento. Sua compreensão madura a respeito da situação permitiu-lhe transcender a superfície das circunstâncias. Enfrentando a dolorosa realidade, Alice recordou com minúcias os últimos dias de sua mãe, uma mulher guerreira cujo corpo virou trincheira e a vida, sem dó, venceu todas as batalhas.

Dona Marta, já enfraquecida pela cirrose hepática, foi assolada por uma série devastadora de complicações, entre elas a pancreatite e a cardiomiopatia alcoólica, culminando na sua rendição às garras imutáveis dessas doenças implacáveis, que a conduziram à morte.

O cemitério permanecia quieto, como se pudesse escutar os lamentos dos enlutados. As primeiras pás de terra caíram pesadas, abafando o som dos sussurros. Um coro contido de passos se formou em torno da cova. Mãos apertadas, olhares baixos, flores sem perfume. Alice, firme, aproximou-se. Depositou uma rosa branca sobre o caixão e recuou sem dizer nada. Não havia lágrimas – apenas um silêncio denso, o mesmo que sempre habitara entre ela e a mãe. Ao seu redor, as despedidas ecoavam em abraços e palavras curtas. Ela apenas observava, imóvel, como se guardasse algo que ainda não podia ser dito.

Ali, diante da despedida final, tentou se agarrar à indiferença – mas a memória lhe pregou uma peça. Lembrou-se da mãe em uma manhã antiga, quando, de joelhos no chão, trançava seus cabelos com mãos firmes e cantava baixinho uma canção sem letra, só melodia. A lembrança veio rápida, fugidia como um sopro, e Alice piscou forte, tentando apagá-la. Mas era tarde. Algumas coisas, mesmo raras, fincavam raízes onde ela menos esperava.

Alguns dias após a triste despedida no funeral, Margarete visitou Alice.

— Alice, como você está se sentindo?

— É difícil, sabia? Mas estou tentando lidar da melhor maneira possível.

— Você é feita de ferro, menina. Mas se precisar desabar, tô aqui.

— Obrigada, minha amiga. Seu acolhimento significa muito para mim.

A dor ensinou. E Alice aprendeu: viver dói, mas desistir dói mais. Enquanto experimentava a tristeza pela partida, sua angústia mais profunda residia no afeto nunca recebido da mãe enferma, entregue aos vícios. Alice encontrava conforto na força interior que sabia possuir, uma força que, para ela, era o bálsamo necessário para seguir em frente, entregando-se ao cuidado daqueles que sempre dependeram dela como o sólido alicerce familiar.

Apesar do luto que permeava sua jornada, ela encontrava pequenos momentos de paz e serenidade nos gestos de apoio e compaixão de amigos como Margarete. Esses momentos de conexão humana serviam como pequenas luzes em meio à escuridão, recordando-a de que não estava sozinha em sua jornada.

Nos meandros desafiadores da sua existência, ela descobria o poder de transmutar suas dores em instrumentos de renovação. Uma força serena, porém, indomável, que a impulsionava na caminhada, mesmo quando a escuridão parecia envolvê-la por completo.

As manhãs voltaram sem pedir licença. Ajeitava a roupa surrada dos irmãos, organizava o pouco que tinham e cada tarefa era um gesto pequeno, mas firme – como quem costura um remendo invisível nas frestas da vida.

A partida de dona Marta encerraria um ciclo perverso na vida de Alice. Ela sabia, todavia, que antes de buscar sua liberdade, precisaria tomar algumas atitudes para encorajar os irmãos a traçarem seus próprios destinos. Embora a existência de dona Marta tivesse sido marcada pelo vício, deixando sempre a família em segundo plano, ela era o porto seguro, e sua partida deixou os filhos sem rumo. Sempre que a mãe falhava, era Alice quem segurava as pontas naquela casa. Isso fez com que os irmãos crescessem acomodados. E agora, o que seria deles? Alice convenceu os irmãos a buscar emprego para que não precisassem depender dela e de Leonardo a vida inteira. Com o sucesso da ONG, seria possível ajudar nas despesas por um período, mas cada um deveria garantir seu próprio sustento. Afinal, dinheiro não cai do céu. Ficou combinado que ela pagaria as contas de luz, gás e água, além das compras básicas de mês até que eles conquistassem independência.

Ao acertar "os ponteiros" com os irmãos, Alice sentiu-se segura para, enfim, lutar pelos seus sonhos. As cicatrizes na alma se transformaram na força que precisava para redirecionar, mais uma vez, o seu destino.

16

O dono do morro

O poder não aceita vazio. Quando o Estado falha, alguém ocupa.

Divergindo de sua irmã, Leonardo seguia profundamente envolvido nas tramas do tráfico. Aos poucos, foi subindo na hierarquia até ser conhecido como Gângster. Com a nova posição, veio também a pressão dos superiores, principalmente em relação às atividades que Alice desenvolvia naquela região. Apesar de nutrir aspirações para aprimorar as condições de vida na comunidade, os holofotes focados no Morro do Sapo representavam um obstáculo significativo para os empreendimentos do poder paralelo.

Sob a influência coercitiva de Gavião Malhado, Leonardo interrompeu o apoio financeiro aos projetos da ONG e lançou uma campanha para boicotar os esforços de Alice.

— Não necessitamos de ONGs por aqui, Leo.

— Mas os moradores apreciam o trabalho deles.

— O que a comunidade precisa, nós já providenciamos. Além disso, se todos os jovens partirem, quem teremos para recrutar?

Dentro de suas estratégias, implementou a cobrança de pedágios. Alice atendia a todas as exigências e permanecia firme em sua missão. Porém, algo inesperado estava prestes a acontecer.

Enquanto Alice lutava pra tirar jovens do crime, Leonardo os puxava de volta. Às vezes, ela achava que estavam em guerra – um contra o outro, sem querer.

Num fatídico desfile, um soldado do tráfico, dominado por um estado alterado, invadiu a passarela, agredindo duas modelos e ceifando a vida de outra. A vítima fatal, por coincidência, era sua ex-namorada, e o desfecho trágico aconteceu porque ele não aceitava o fim do relacionamento. Ele não aceitava o fim. E como tantos outros, achou que amor dava o direito de matar.

O impacto dessa tragédia transcendeu os limites da comunidade, alcançando proporções internacionais. A sala de audiência comandada por Gângster tornou-se palco para a exposição dos horrores presenciados, enquanto a repercussão global amplificava a gravidade do acontecimento.

A resposta a esse ato bárbaro revelou-se igualmente brutal. O soldado que havia perpetrado o crime foi submetido a um horrendo destino: queimado vivo no topo do morro. Os lamentos da vítima reverberavam, chegando aos ouvidos dos residentes nas proximidades da mata, tornando-os inadvertidas testemunhas da execução. O subsequente silêncio, interrompido somente pela descarga de tiros em homenagem ao falecido, sublinhava a fria conformidade aos protocolos sombrios que governam o submundo do crime.

Leonardo, não obstante o peso em sua consciência, viu-se compelido a ser o executor da sentença, reafirmando o controle do poder que ostentava.

Entretanto, as leis implacáveis da favela, com suas execuções sombrias, permaneceram clandestinas à mídia e distantes dos ouvidos do mundo exterior. O código do silêncio entre os moradores permanecia inabalável e, naquele território, predominava a lei do medo – ali, ninguém via nem ouvia nada.

O desenrolar dos acontecimentos acabou por beneficiar seu irmão, uma vez que, além da dor pela perda de uma das jovens, Alice testemunhou o gradual declínio de sua própria empreitada. Contratos significativos foram cancelados, participações em eventos relevantes foram retiradas, e o êxito anteriormente desfrutado deu lugar a um declínio profissional.

Movida pela revolta, Alice reexaminou sua relação com Deus. Justo quando tudo parecia caminhar bem, Ele surgia, de maneira injusta, evidenciando novamente sua interferência. Em um estado emocional abalado e incapaz de lidar com as circunstâncias, optou por interromper sua trajetória na faculdade de Direito. O declínio do projeto não só trouxera um período de calmaria para os traficantes, mas também causara melancolia em Leonardo Gângster, perante o fracasso da irmã. Ele entendia a importância da iniciativa para ela e ansiava por sua felicidade. No entanto, sua própria vida estava em jogo, e quanto a isso nada poderia fazer. Era a lei da sobrevivência.

Expressando seu pesar, Leonardo compartilhou sua incapacidade de evitar os acontecimentos:

— Não queria que nada disso tivesse acontecido, mas você sabe que minha vida está vendida ao tráfico, minha irmã.

Percebendo o impacto devastador que suas ações tiveram nos sonhos e projetos de Alice, ele buscou a reconciliação:

— Você sabe o quanto eu te amo, minha irmã. Me perdoa. Vamos virar essa página e começar tudo do zero. Prometo que não vou te fazer sofrer de novo.

Na tentativa de reparar seus erros, Leonardo ofereceu a Alice a oportunidade de retornar ao lar, proporcionando-lhe novamente cuidar dela e do menino.

No entanto, a proposta foi recusada, demonstrando a resistência de Alice em aceitar uma reconciliação baseada em benefícios materiais.

Com sua imagem ainda abalada pela associação com a violência do tráfico e envolta pela sensação de fracasso, Alice optou por se desvincular dos projetos da ONG. Mesmo sem o destaque inicial, a organização continuou operando eficazmente. Sob a liderança de um grupo de artesãs, recuperou alguns contratos e persistia na geração de emprego e renda para as mulheres da comunidade. Apesar das tentativas de persuasão por parte das colegas, Alice escolheu trilhar outro caminho, buscando uma nova oportunidade.

17 O preconceito

Onde a cor fala antes do nome.

Durante uma parte significativa de sua existência, Alice foi tratada como um ser humano de posição social inferior. Esse comportamento não a surpreendia, sendo uma experiência recorrente em diversos locais, como repartições públicas ou estabelecimentos mais requintados. Desde os tempos em que pedia nos semáforos, ela estava acostumada ao olhar desdenhoso e encontrava estranheza quando era tratada com respeito, levando-a, sim, a nutrir desconfiança para esse gesto.

Embora tenha ocorrido uma mudança considerável com o reconhecimento do Projeto Mãe Alice, a jovem permanecia ciente de sua condição como mulher negra. Nutria muito orgulho pela sua comunidade, mas reconhecia que a batalha pela tão almejada igualdade racial estava longe de ser concluída.

Seria crucial reunir coragem para enfrentar o próximo desafio. Após se afastar da ONG e recusar a ajuda do irmão, viu-se obrigada a procurar emprego. Com o auxílio de Margarete, conquistou boas oportunidades como diarista em residências de pessoas influentes. Esse distanciamento era necessário para superar o problema e recomeçar. Entretanto, ela precisava deixar o filho para trabalhar. Absorvida por seus problemas, não conseguiu comparecer a tempo para a rematrícula do filho, resultando na perda da vaga na creche. Assim, recorreu mais uma vez à bondade da vizinha que aceitou receber uma pequena remuneração para cuidar da criança.

Contudo, essa condição era temporária. Fernando estava em fase de crescimento e necessitava retomar os estudos. Foi durante essa busca que Alice se deparou com outro tipo de desprezo.

Em uma das residências em que desempenhava suas funções como diarista, foi oferecido um emprego estável como arrumadeira, o que a levou a procurar uma escola para matricular Fernando. Embora essa ocupação estivesse longe de ser o trabalho dos seus sonhos, uma vez que desde a infância almejava ser advogada, os caminhos que trilhara gradualmente a afastavam desse propósito, até aquele instante. Comprometeu-se consigo mesma, a partir dali, a lutar com todas as suas forças para se reorganizar, realizar seu sonho e destrancar a faculdade. Seu novo emprego seria na organização e limpeza da mansão de Levi Capozzi. O empresário estrangeiro rico e cobiçado pelas *socialites* cariocas, que parecia indiferente à sua origem, ofereceu-lhe aquela oportunidade.

Inicialmente, Alice dedicava-se exclusivamente ao trabalho, mas logo conseguiu conciliar suas responsabilidades laborais com os estudos. Trabalhava durante o dia e estudava à noite, conquistando aos poucos a confiança do patrão, que sugeriu que ela residisse na casa durante a semana. Alice explicou que tinha um filho pequeno, sob os cuidados de uma vizinha enquanto ela trabalhava, e recebeu a proposta de trazê-lo para o trabalho, retornando para casa apenas nos fins de semana.

Ao matricular seu garoto em uma escolinha, no primeiro dia de aula, ele retornou para casa triste e abatido. Ao indagar a respeito do ocorrido, Alice percebeu a relutância do menino em compartilhar a experiência. Sua intuição indicava que o filho estava sendo discriminado e, muito provavelmente, enfrentando situações de *bullying*.

— O que aconteceu, meu amor? Conte tudo para a mamãe!

— Não foi nada – negou ele.

Observando a interação entre mãe e filho, Levi decidiu intervir.

— Não tenha medo, Fernando. Conte o que aconteceu – encorajou-o.

O garoto, então, relatou a rejeição que sofrera de alguns colegas e as palavras depreciativas que haviam proferido. Comprometido em resolver a situação, Levi tranquilizou o menino, prometendo tomar providências. No dia seguinte, fez questão de acompanhar o garoto até a escola e, conforme prometido, dialogou com a equipe multidisciplinar, buscando uma solução para o problema.

Alice, no entanto, estava plenamente consciente de que enfrentar o *bullying* é uma experiência dolorosa, capaz de deixar marcas profundas na alma de uma pessoa. Por essa razão, sentia uma profunda gratidão pela intervenção providencial de seu patrão. Era extremamente difícil lidar com o preconceito das pessoas sem ter alguém para oferecer uma palavra de conforto. Embora já estivesse habituada às adversidades da vida, desejava proteger seu bebê da maldade alheia, especialmente nas escolas. Ao contrário do que comumente se diz, acreditava que crianças não são inerentemente boas; ao contrário, podem ser bastante cruéis, principalmente se os ensinamentos em casa não forem positivos. As crianças são como esponjas, absorvendo tudo no processo de aprendizado, tanto as coisas boas quanto as ruins.

Seu desejo mais profundo era proporcionar ao menino uma vida repleta de paz, felicidade, livre de traumas e com um legado positivo. Para alcançar tal intento, dedicava-se integralmente ao trabalho e à conclusão de seus estudos.

Alice logrou, finalmente, concluir seu percurso acadêmico. Nesse desdobramento, ela foi gradualmente explorando um universo distinto daquele que sempre fora seu ambiente habitual. Tal incursão revelou a Alice uma realidade na qual, mesmo munida do discernimento a respeito de o que é certo e errado, agora residia sob o domínio de suas próprias escolhas, alinhadas aos anseios mais profundos de sua existência.

Em meio à sua jornada, Alice deparou-se frequentemente com a assertiva de que o ser humano é magnetizado pelas trevas da mesma forma que as mariposas são atraídas pela luz. Essa reflexão, em parte, ecoava com suas próprias vivências, nas quais, ao longo da trajetória, ela teve a oportunidade de corroborar essa constatação de diversas maneiras. Nesse ínterim, sua compreensão acerca da complexidade das escolhas humanas ampliou-se, reconhecendo que as decisões não são simplificadas em dicotomias de bem ou mal, mas, sim, permeadas por uma intricada teia de circunstâncias, valores e experiências individuais.

A jovem, agora dotada de uma visão mais aprofundada e ciente do poder de suas escolhas, contemplava o mundo sob uma perspectiva mais reflexiva. Seu percurso acadêmico não só lhe proporcionou conhecimento teórico, mas também instigou uma transformação particular, conferindo-lhe uma autonomia moral e uma consciência aguçada diante das complexidades que envolvem a natureza humana e suas inclinações.

Ela sabia que precisava virar a página. Mas páginas não viram sozinhas – é preciso coragem para deixar o passado ir. A necessidade de seguir em frente era urgente. Só assim poderia mergulhar em si mesma e encarar de frente as dores acumuladas ao longo dos anos. As dificuldades financeiras que a acompanharam desde cedo não apenas limitaram suas escolhas, mas deixaram marcas profundas, plantando mágoas que moldaram sua forma de ver o mundo. Sonhos de infância ficaram pelo caminho, sufocados por uma realidade cruel que a empurrava para as margens da sociedade. Por fora, dizia não se importar com o desprezo alheio. Por dentro, sangrava em silêncio. Porque, no fundo, cada olhar atravessado, cada porta fechada, deixava uma ferida que palavras não conseguiam esconder.

Contudo, resistiu a tornar-se refém de valores mesquinhos e da falta de afetividade proveniente dos outros. Em meio aos desafios impostos por uma sociedade muitas vezes indiferente, ela cultivou uma autonomia emocional que a distanciava dessas influências prejudiciais, preservando sua integridade e força interior.

Essa determinação em resistir aos valores depreciativos da sociedade não apenas evidenciava a sua resiliência, mas também ressaltava seu compromisso em forjar seu próprio caminho, alheio às limitações impostas por preconceitos e desconsideração alheia. As transformações em sua vida evidenciavam-se progressivamente a cada dia. Em frente ao mercadinho, as vizinhas cochichavam.

— A irmã de Leonardo agora é dondoca, está metida a besta.

— Ela é intelectual.

Parecia que a jovem mulher estava irremediavelmente predestinada aos comentários e fofocas que circulavam pelos arredores.

Alice não se deixava abalar por tais especulações. Ela compreendia que as escolhas que fizera conduziam a um estilo de vida diferente do que a comunidade estava acostumada a testemunhar. Ser rotulada como "dondoca" ou "intelectual" poderia ser motivo de controvérsia, mas a protagonista dessa narrativa não se permitia perturbar. Seu foco principal residia na conquista do respeito que cada um dos moradores nutria por ela, uma vez que dava mais importância à percepção respeitosa que os residentes tinham de seu caráter e ações do que às palavras ocasionalmente desprovidas de embasamento.

Sabia que, no fundo, para aquela gente, o sucesso dos outros era uma ofensa pessoal.

18 O difícil temperamento do seu patrão

Amar é lutar em silêncio.

Levi Capozzi emergiu em um berço de ouro, desfrutando das luxúrias proporcionadas pela herança de uma renomada rede de bebidas e chocolates. Seu nome, vinculado globalmente à marca Capozzi, destacava-o no cenário internacional por meio das mídias mais importantes do mundo. Contudo, por trás do sorriso galanteador e do *status* social, residia um homem cujo temperamento se mostrava complexo e difícil de lidar. Para um observador atento, tornava-se evidente que, sob a capa de grosseria, escondia-se um indivíduo infeliz.

Embora Levi não dirigisse sua grosseria a Alice, sua simplicidade perante ela contrastava com as explosões de raiva frequentes durante suas chamadas telefônicas com os funcionários da empresa. Esse homem era excessivamente dedicado ao trabalho, e mesmo quando estava em casa, mantinha uma carga laboral impressionante. Seu escritório era o seu santuário. Para Alice, os dias seguiam um curso relativamente tranquilo. Mantinha boas relações com os colegas de trabalho, uma faceta considerada vital. Ademais, compreendia a importância de entender e aceitar seu lugar na hierarquia.

Alice, em sua perspectiva desprovida de preconceitos, percebia que algumas pessoas conservadoras optavam por ocultar seus problemas e sentimentos, almejando manter padrões morais antiquados. Levi Capozzi, para ela, personificava essa postura. Porém, tal comportamento não a perturbava, acostumada como estava com tantas adversidades.

A familiaridade com expressões ásperas e variações no tom de voz de Levi tornou-se tão rotineira que ela parecia não se abalar, mantendo sua concentração nas suas tarefas e executando-as com a habitual maestria de sempre. Ela sabia que não era certo. Mas saber não muda o que se sente. A beleza dele era um traço notável, algo que não passava despercebido, mesmo para alguém como ela, para quem ele se encontrava aparentemente fora de alcance.

Enquanto deslizava o aspirador de pó pelo chão, envolta em pensamentos proibidos, um questionamento abrupto de Levi a respeito das mulheres ao seu redor interrompeu sua imersão. A indagação atingiu-a bruscamente, pois, imersa em seu trabalho, não havia dedicado atenção aos "supostos" problemas do patrão. Erguendo a cabeça para encará-lo, a moça percebeu que estava prestes a ser envolvida em questões que ultrapassavam a esfera profissional.

— Sim, senhor? – respondeu com calma, apesar dos dois olhos intimidadores fixos nela.

— Não percebeu que eu estava falando com você?

Alice desligou o aparelho, engoliu em seco e o encarou.

— Bem, na verdade, não. Estava focada no meu trabalho e achei que estava falando sozinho.

Ele a observou com uma expressão severa e retrucou.

— Eu não costumo falar sozinho. Estava expressando minha raiva, e se você tivesse um mínimo de perspicácia teria percebido isso.

Acostumada às intempéries da vida, Alice também aprendera a se adaptar às peculiaridades do caráter do influente patrão. Não se intimidava quando ele se dirigia a ela com palavras ásperas. Deixava-o falar à vontade enquanto se ocupava da limpeza, apenas resmungando às vezes: "Sim, senhor" ou "Não, senhor". Quase sempre sem compreender totalmente o que ele falava, pois algumas palavras nem pareciam ser em português.

— Mas como posso ajudá-lo?

— Duvido que possa! – respondeu ele taciturnamente, olhar grudado na tela do computador. – Fui convidado para um jantar de negócios amanhã.

— Que bom!

Alice refletiu: desde quando ser convidado para jantar é algo desagradável? Ela mesma não tinha experiência com isso, pois de onde vinha não podia se dar a esse privilégio. O máximo de luxo que se permitia quando era mais jovem era sair com os irmãos para comer um sanduíche na sanduicheria da dona Lila. Posteriormente, quando já podiam sair para jantar fora, o irmão mais velho não podia aparecer em público sem colocar a vida em risco e, assim, esse hábito não fazia parte de sua rotina.

Ele desviou a atenção da tela e lhe lançou um olhar frio.

— Não, isso não é nada bom! Isso é apenas necessário, pois realizar bons negócios depende de uma certa socialização.

Alice ficou olhando para ele, sem saber o que dizer.

— Eu não consigo realmente ver qual é o problema, senhor.

— O dilema é – declarou Levi, relendo o *e-mail* com um sorriso de desdém – que o homem com quem estou prestes a fechar um bom negócio tem uma esposa extremamente intrometida. E essa esposa possui amigas que devem ser igualmente intrometidas. Acabei de receber este *e-mail* dela. "Caro Levi, espero que esteja bem. Como sabe, Cloé Raposo, uma amiga muito querida, tem o desejo de conhecê-lo. Ficarei feliz em fazer essa ponte, pois acredito que formarão um belo casal" – leu ele.

— Não percebo o que há de errado nisso. – afirmou Alice timidamente, apesar da estúpida pontada de ciúme que sentiu.

Levi riu com escárnio.

— Por que será que as pessoas adoram se meter na vida dos outros? – perguntou ele.

— É assim mesmo, senhor. As pessoas sentem a necessidade de opinar a respeito de tudo.

— E por que, em nome de Deus, acham que um homem precisa de uma esposa?

Alice optou por manter-se em silêncio, abstendo-se de responder. Não acreditava que ele verdadeiramente esperasse uma resposta àquela pergunta e torceu para que ele não insistisse. O que uma mãe solteira, recém-formada em Direito e que acumula recursos trabalhando como arrumadeira para custear a prova da Ordem dos Advogados, poderia dizer a ele a respeito de casamento? Que suspeitava que as mulheres desejavam se casar com ele por sua riqueza, bons contatos e beleza exuberante? Que não tinha nada para contribuir sobre o assunto e que o problema não lhe dizia respeito?

Embora ostentasse traços faciais notavelmente belos, a expressão de Levi revelava frieza e crueldade quando examinada de perto. Seus lábios cheios possuíam uma sensualidade marcante, porém raramente se curvavam em um sorriso, e seu olhar tinha o poder de congelar uma pessoa mesmo a uma longa distância.

Todavia, isso não a afetava. Alice havia experienciado toda sua vida sob olhares mal-intencionados e estava habituada a enfrentar o preconceito, muitas vezes habilmente disfarçado.

Durante o período em que exercia suas funções naquela residência, Alice, que já havia presenciado diversas ligações telefônicas em diferentes situações, tinha a convicção da reverência e admiração que seus colegas nutriam por ele no âmbito dos negócios.

Naquele dia, o patrão apresentava-se notavelmente belo. Vestindo uma camisa de linho verde claro, o tecido delineava de maneira atraente as formas de seu tronco. Seus cabelos dourados contrastavam com a pele bronzeada, e os olhos cor de mel completavam o quadro.

Ela sonhava com a magnificência que ele expressaria ao vestir uma das peças confeccionadas pelas hábeis artesãs de sua comunidade, especialmente se fosse uma das exclusivas que ela mesma desenhara e conservava cuidadosamente em seu caderno secreto. Guardava esses sonhos no fundo do coração, cheia de esperança, pois o projeto de empreender e lançar sua própria marca de roupas era um impulso adicional para continuar sua luta diária. Até já havia escolhido um nome: Palha e Trança. Optou por "Palha" para simbolizar peças meticulosamente criadas com artesanato, enquanto "Trança" era uma homenagem à autenticidade de sua herança racial, um orgulho do qual se sentia parte integrante. Se um dia conseguisse concretizar esse sonho, ele seria um modelo maravilhoso para reforçar o *casting* e apresentar uma de suas criações.

Os olhos dele exerciam um fascínio particular sobre Alice. Mudavam de cor conforme seu humor, e a cada dia ela aprendia a lidar melhor com essas *nuances*. Quando fixava nela um raro olhar cor de âmbar, ela se derretia, e parecia que tudo ao redor estava sendo sugado por aqueles olhos.

Alice chegava a sentir-se atordoada quando ele a fitava, como ocorria naquele instante.

A julgar pelas suas sobrancelhas ligeiramente franzidas, percebia-se que ele aguardava uma resposta à sua indagação. Contudo, essa resposta tardava a chegar, pois, envolvida pela imponente presença dele e focada em concluir suas tarefas, Alice mal recordava o teor exato da pergunta.

Mas diante da repetição do questionamento, ela se viu compelida a responder.

— Talvez eles pensem que o senhor esteja procurando uma esposa porque... Bem, o senhor já está na idade de se casar.

— Você acha mesmo? – indagou ele.

Alice sentiu-se encurralada, mas balançou a cabeça e prosseguiu:

— Para ser franca, nunca parei para refletir a respeito de o que o senhor deveria fazer em relação ao seu estado civil – respondeu de maneira evasiva.

— E daí?

— Penso que pessoas ricas acreditam que o casamento é a solução para resolver muitos problemas, e, quando um homem rico ultrapassa os 30 anos – que eu imagino ser aproximadamente sua idade –, todos começam a esperar que se case.

— Acha isso mesmo?

— Sim, mas eu não tenho experiência no assunto e essa não é a realidade na comunidade em que nasci – concluiu com um arremedo de sorriso.

— Hummmm – concordou Levi, coçando o queixo, pensativo, onde a sombra de uma barba cerrada já começava a se insinuar, apesar de ter se barbeado pela manhã.

— Exatamente isso! Desprezo esses padrões sociais! Cada indivíduo sabe o que é melhor para si.

Ele balançou a cabeça com impaciência.

— Por que imaginei que as coisas seriam diferentes aqui no Rio de Janeiro?

De fato, essa foi uma das motivações que o impulsionou a decidir passar um período fora da Itália. Pretendia postergar o máximo possível a responsabilidade de escolher uma noiva para o casamento, conforme a tradição de sua família. Mesmo sendo os italianos conhecidos por sua natureza patriarcal e pelas tradições arraigadas em sua cultura a respeito de casamento, isso não o agradava. Seus parentes ansiavam que ele se casasse para dar continuidade à linhagem, embora, é claro, a esposa seria escolhida por eles. Todavia, ele estava em uma encruzilhada: não acreditava no amor, e um casamento arranjado não era uma opção, a menos que ele mesmo tomasse essa decisão. Para evitar confrontos, preferia manter-se à distância, dedicado aos negócios.

Em contrapartida, em Benevento, sua querida cidade natal, a falta de interesse matrimonial por parte de um membro de uma família tão proeminente como a dele gerava frequentes debates. Se por acaso ele se envolvesse em uma conversa um pouco mais extensa com alguma mulher dentro do círculo social, logo os pais dela já começavam a calcular o custo do enxoval e os possíveis benefícios oriundos dessa aliança. E lá estava ele novamente envolvido em falatórios e *fake news*.

Essa experiência no Brasil assinalava sua primeira estadia prolongada fora de sua terra natal. Mas bastaram algumas semanas para que percebesse que caçadoras de fortunas existem em todos os lugares. Embora os tempos estejam mudando, ele ainda apreciava a conquista à moda antiga. Era um homem que preferia conquistar a ser conquistado. As artimanhas das interesseiras não lhe agradavam. Caso decidisse se casar, faria isso apenas quando encontrasse a mulher certa, embora estivesse ciente de que essa mulher talvez não existisse. Gostava da ideia de permanecer solteiro.

— Por que escolheu o Rio? Parece um tanto insensato trocar a Europa pelo Rio de Janeiro – indagou Alice, abruptamente.

Tirado de seu devaneio pela pergunta, respondeu serenamente:

— Optei pelo Rio pela beleza e localização estratégica da cidade, o que facilita bastante as reuniões com meus associados.

— Mas, voltando ao assunto do *e-mail*, fui convidado para uma festa. A questão é: o que acha que devo fazer a respeito? – ponderou Levi, pensativamente.

— Refere-se às caçadoras de fortuna ou à festa? – inquiriu Alice, também em reflexão.

— A respeito da festa, claro! – respondeu Levi, sorridente.

Alice debatia-se em um dilema, ponderando se deveria continuar com suas tarefas de limpeza ou prestar atenção aos devaneios de seu patrão. A ironia de um homem como Levi solicitar a opinião de uma mulher simples como ela parecia quase cômica, configurando uma situação de humor barato.

Enquanto ele aguardava uma resposta, Alice sentia-se verdadeiramente desconcertada. Aquela não era uma troca de palavras entre amigas, mas sim com seu empregador. A incerteza pairava sobre se deveria expressar honestamente suas opiniões ou manter a prudência para preservar seu emprego. O dilema e seus possíveis desdobramentos a afligiam. "Quando imagino que as coisas estão melhorando, um acontecimento surge para desmantelar tudo" – pensou ela, desanimada.

Porém, aderindo ao ditado popular de que quem está na chuva está sujeito a se molhar, encarava mais essa situação como uma tempestade cotidiana, sem ponderar muito acerca das consequências. "Oh, vida difícil! Mas lá vamos nós para mais uma resposta sincera" – avaliou Alice, perdida em seus pensamentos.

— Sugiro que recuse o convite – pronunciou, delicadamente.

Levi, imerso na contemplação do reflexo solar que penetrava em seu escritório pelas majestosas janelas envidraçadas, percorria a mesa com seus dedos enquanto pensava.

— Certamente poderia fazer isso. No entanto, precisaria conceber uma desculpa convincente – ponderou.

— Uma opção seria alegar que acaba de retornar da Europa e que a mudança brusca de temperatura o deixou debilitado – disparou.

Um leve sorriso surgiu nos lábios de Alice diante da proposta, considerando praticamente impensável a ideia de Levi apresentar qualquer indisposição, especialmente após uma viagem com a qual estava tão habituado.

— Outra alternativa seria solicitar a transferência do jantar para uma data posterior e realizá-lo aqui, em sua residência. Dessa maneira, você teria controle sobre os convidados e evitaria problemas.

Levi assentiu.

— Sim, excelente ideia! Assim, posso organizar o jantar em meu território e elaborar minha lista de convidados. Você é uma verdadeira mente brilhante!

Um suspiro aliviado escapou dos lábios da jovem. Ufa, seu emprego estava assegurado. Enquanto agradecia mentalmente pela solução encontrada, Levi observou Alice com uma ponderação incomum. "Ela não tem medo de mim. Expressa o que pensa, não o que eu gostaria de ouvir!" – refletiu. Questionava-se se isso se devia à confiança singular que, de alguma forma desconhecida, depositava nela, desafiando as normas hierárquicas convencionais entre empregador e empregado. Levi percebia que sua interação com a faxineira era notavelmente tranquila, algo que jamais se atreveria a replicar com suas assistentes ou secretárias, ciente dos perigos que tal abertura poderia acarretar. Diferentemente de suas amigas, que frequentemente interpretavam erroneamente gestos de confiança, presumindo que ele estava disposto a compartilhar detalhes de sua rotina, Levi considerava Alice inofensiva.

Sem perceber, ela costumava proferir palavras perspicazes, como fizera neste instante. Levi recostou-se em sua cadeira, refletindo sobre o que ela acabara de dizer e resolveu: "Vou convidar todos para um jantar na mansão e encarar o assunto"; afinal, não era a primeira vez que ele lidava com um grupo de mulheres interesseiras.

A verdade era que, nos últimos tempos, ele não conseguia compreender completamente por que essas mulheres vorazes já não despertavam mais seu interesse, nem mesmo para uma simples noite de prazer e luxúria. Seu desejo por tais aventuras havia desvanecido, semelhante ao apetite de uma criança que perde a vontade de comer bombons antes do almoço. Não importava quão deslumbrantes fossem, as antigas orgias não detinham mais a magia que outrora o encantava.

Enquanto Alice retomava suas tarefas, iniciando o polimento da escrivaninha do patrão e cantarolando despreocupadamente, o agradável aroma de limão impregnava o ambiente.

Levi franzia o cenho, observando Alice absorta em suas tarefas, aparentemente desfrutando de um dia sereno. Não era a primeira vez que ele se indagava a respeito da idade dela. Talvez uns 22 ou 23 anos? Quais seriam seus sonhos? Sim, sonhos, pois uma jovem tão bonita como ela certamente não aspirava a passar a vida manejando um balde e um esfregão.

Retornou a observá-la mais uma vez, como era seu costume desde que a conhecera. Apesar do uniforme que ela sempre trajava, a touca usada para prender seus cabelos não conseguia sufocar por completo a rebeldia dos cachos, e as roupas largas não ocultavam inteiramente as curvas de seu corpo, que imaginava ser meticulosamente delineado. Levi frequentemente se pegava ponderando a respeito do corpo que residia sob aquele avental.

O rosto de Alice permanecia gravado em sua memória, indicando que ela possuía uma figura esplêndida. Levi engoliu em seco. Esse pensamento foi tão inesperado que acendeu uma centelha de desejo dentro dele.

— Poderia me preparar um café? – solicitou ele, visivelmente abalado.

Alice ponderou que o pedido extrapolava as atribuições estabelecidas para seu trabalho, pois cada funcionário na casa tinha suas funções claramente definidas, e a preparação de café incumbia à equipe da cozinha. Contudo, achou que não custaria atender ao pedido.

— Só um instante, e já trago – respondeu ela.

Ao chegar à área de serviço, a cozinheira informou que havia café fresco pronto. Alice o despejou em uma xícara e levou-a para o patrão. Ao se aproximar para entregar, Levi tocou sua mão, e ambos trocaram olhares. Dois segundos que pareciam uma eternidade. O coração de Alice acelerou.

— Agradeço, Alice. O café está excelente.

— Por nada. Vou voltar ao meu trabalho.

Ao concluir o breve encontro, ciente de que a proximidade com o patrão a deixara sem fôlego, ela retornou aos afazeres. Contudo, de maneira talvez inconsciente, Levi parecia desejar prolongar aquele momento. Chamou a jovem mais uma vez, tocando suavemente seu ombro, e os dois se encontraram novamente frente a frente. Levi acariciou o rosto de Alice, mas esse gesto ficou suspenso no ar, pois uma ligação telefônica interrompeu o momento. Era Pedro Caiado, o empresário que o convidara para o jantar.

— Fala, Caiado, preciso remarcar o nosso encontro para semana que vem, mas gostaria que fosse aqui em casa. Tudo bem?

— Você é quem decide, mas concordarei apenas se puder levar a amiga da minha esposa, que está ansiosa para conhecê-lo.

— Está bem, então. Fechado.

Ao encerrar a chamada, Levi notou que Alice havia terminado suas tarefas e não estava mais por perto. Contudo, o instante de proximidade estava gravado em sua memória. A jovem voltou às atividades de limpeza, porém, sua concentração se dissipara. Absorta em pensamentos, concluir seus afazeres naquele dia transformou-se em uma missão desafiadora.

No dia seguinte, Levi a saudou naturalmente, o que a deixou um pouco confusa. De repente, ele começou a discutir sobre o jantar que planejava promover na semana seguinte.

— Alice, vou seguir o seu conselho. O jantar será feito aqui em casa na semana que vem. Você poderia organizar esse encontro e coordenar os funcionários no dia da festa? – perguntou Levi.

— Posso sim. Já organizei grandes eventos quando tinha a minha grife na favela. Sua reunião será impecável.

— Fico feliz com isso. Serão cerca de 10 convidados. Até o dia do jantar, você cuidará somente dessa organização e ficará dispensada das tarefas da casa. Vou arrumar alguém para ficar no seu lugar – disse.

— Obrigada. Vou começar a preparar tudo.

Agora encarregada dos preparativos do evento, Alice experimentava insegurança diante das exigências de seu patrão, mas mantinha a confiança de que tudo seguiria conforme o planejado. Apesar dos desafios, de vez em quando emergia em seus pensamentos a sensação calorosa dos dedos dele acariciando sua pele. Se não fosse pelo telefone, o que poderia acontecer a seguir? Ela rapidamente afastava essas ideias, concentrando-se nas responsabilidades a serem cumpridas nos cinco dias que antecediam o jantar.

O tempo avançou velozmente e, enfim, o dia do jantar chegou. Visando garantir que cada detalhe fosse executado conforme o planejado, Alice escolheu supervisionar de perto, especialmente porque o patrão havia compartilhado que, além da amiga de Caiado, havia outros convidados importantes para seus negócios entre os presentes. Vestiu um dos trajes elegantes que ganhara de sua vizinha, uma escolha sóbria e discreta, porém extremamente elegante. Maquiou-se cuidadosamente, arrumou os cachos de seus cabelos e dirigiu-se até Levi. Estava deslumbrante.

— Obrigado pelo trabalho impecável que realizou! – expressou Levi.

— Obrigada. Espero que tudo transcorra bem no jantar. A equipe está à disposição para iniciar o serviço. Eu estarei por aqui, caso precise de alguma ajuda. Até levei meu menino para dormir na casa de uma amiga, para que eu possa trabalhar até mais tarde – respondeu ela.

— Tenho certeza de que será ótimo! Posso te dizer uma coisa com todo respeito?

— Pode, claro! – consentiu Alice.

— Você está linda! – elogiou Levi.

— Obrigada – respondeu Alice, enrubescida, retirando-se da sala.

Os convidados começaram a chegar. Any, esposa de Pedro Caiado, compareceu acompanhada por três amigas, incluindo Cloé Raposo, aquela que manifestava interesse por Levi.

Logo após a refeição, o grupo dirigiu-se à sala de estar. Em celebração ao êxito empresarial, Levi orquestrou uma breve degustação de um vinho inédito, reservado para ocasiões especiais. Em um gesto que suscitou surpresa e contentamento entre os presentes, Levi também apresentou um novo praliné recheado com licor de framboesas, ainda indisponível no mercado, obtendo notável sucesso.

Restava apenas concluir os pormenores burocráticos, e ele irradiava contentamento. Em um estado mais descontraído, optou por iniciar uma conversa com as amigas de Any. Por sua vez, Cloé encontrou prontamente uma forma de separar Levi das demais.

Levi não sentia atração por Cloé, entretanto, enquanto conversavam na varanda admirando a vista, ela se aproximou e o beijou.

Alice, que havia se dirigido à sala para atender às necessidades dos presentes, testemunhou o acontecimento e ficou desconcertada. Ao perceber que Alice observara o beijo, Levi se afastou de Cloé.

Enquanto isso, Alice deixou a sala imediatamente. Levi pensou em segui-la, mas sua responsabilidade para com os convidados o impediu de fazê-lo. Persistente, Cloé reaproximou-se dele, sugerindo uma continuidade na interação, todavia, Levi apresentou uma desculpa e habilmente encerrou a festa. Seus pensamentos, então, estavam completamente voltados para Alice.

Após a saída de todos os convidados, Levi apressou-se em direção ao quarto onde Alice descansava. No entanto, ao se deparar com a porta trancada, uma percepção lhe ocorreu. Ele estava, de maneira imprudente, dirigindo-se aos aposentos de uma empregada da casa, desencadeando uma mistura confusa e desesperada de sentimentos que o deixou perplexo. O que faria? Desistiria de falar com ela? Não. Ele não era homem de desistir.

Iniciou as batidas na porta, mas não obteve resposta imediata. Alice, por sua vez, estava devastada e incapaz de compreender o tumulto emocional que a assolava. Em sua perspectiva, o patrão detinha todo o direito de manifestar afeto a quem desejasse, e ela, meramente uma empregada, não tinha fundamentos para contestar tal prerrogativa.

Diante da porta fechada, Levi insistiu:

— Alice, por favor, abra a porta. Precisamos conversar. Embora pareça incomum externar isso, desejo assegurar-lhe que nada mais aconteceu além do beijo que testemunhou. Abra a porta – repetiu.

— Você não precisa me dar nenhuma explicação.

— Eu sei. Mesmo assim, desejo conversar contigo.

Ainda reticente, Alice acabou por ceder e abriu uma pequena fresta da porta. O espaço permitiu que Levi entrasse, e ambos ficaram ali, trocando olhares em um silêncio eloquente. Nesse instante, Levi tomou a iniciativa de se aproximar um pouco mais da jovem. Com respirações entrecortadas, entregaram-se a um beijo.

Por alguns breves momentos, Alice se entregou completamente ao presente, mas, de forma surpreendente, toda a sua vida desenrolou-se diante de seus olhos como um filme. Temerosa, ela se afastou, mencionou ter esquecido de um assunto importante e solicitou licença para se retirar.

— Levi, eu realmente preciso resolver uma questão urgente que, por causa da festa, acabei me esquecendo.

Ao notar que algo a perturbava, e até mesmo suspeitando do que poderia se tratar, ele concordou com um simples movimento de cabeça. Embora ponderasse a sensatez de abordar a situação de imediato, compreendia que não era adequado pressionar as circunstâncias.

Em busca de ar puro, a jovem dirigiu-se à praia. A brisa do mar acariciava suavemente seu rosto, proporcionando um alívio momentâneo para seus anseios. Entretanto, sua mente estava imersa em pensamentos confusos.

Na tranquila atmosfera da praia, Alice revisitou os breves segundos do beijo, e uma revelação impactante tomou conta de seus pensamentos, provocando uma profunda reflexão a respeito de seu caminho. A ideia de construir um futuro ao lado de um homem abastado, apesar da atração que sentia por ele, perdeu seu apelo. A nítida barreira social entre ambos tornou-se mais evidente, e Alice, já experiente e madura, não estava disposta a se deixar iludir por contos de fadas impossíveis.

Em busca de ar puro, Alice dirigiu-se à praia. A brisa salgada acariciava seu rosto, trazendo um alívio passageiro às inquietações que se acumulavam em sua mente. O som das ondas preenchia o vazio de suas dúvidas, mas não as calava.

Ela revivia os breves segundos do beijo com Levi, agora misturados a um turbilhão de pensamentos. Aquele gesto – intenso e inesperado – já não parecia tão mágico. A ideia de construir um futuro ao lado de um homem como ele, envolto em privilégios e promessas silenciosas, começava a perder o brilho.

Havia algo ali que não cabia nela, e a diferença social, antes empurrada para o canto da mente, agora se erguia diante de seus olhos com a força de um muro.

Alice caminhava sozinha pela areia, sentindo o frio da noite subir pelas pernas, quando percebeu uma presença se formando atrás dela – uma sombra que parecia persegui-la. Virou-se devagar e viu Clara – uma das pretendentes mais visíveis de Levi, herdeira de um império farmacêutico, com olhos duros e um sorriso que não chegava a lugar nenhum.

— Bonito o espetáculo que você deu ontem – disse Clara, cruzando os braços.

Alice manteve o olhar firme, em silêncio.

— Eu vi – continuou Clara. – Vi quando você se atirou nos braços dele como se isso fosse mudar alguma coisa.

Mas deixa eu te poupar tempo: não vai. Você pode ter arrancado um beijo, mas é só isso. Nós vivemos em mundos diferentes, mocinha. E ele sabe disso. Olhe no espelho.

Alice não respondeu. Clara virou-se para ir embora, mas ainda lançou mais uma farpa por cima do ombro:

— Quando ele cansar de brincar com a menina pobre, ele volta pro lugar dele. E você... volta pro seu.

O silêncio voltou, mas não era o mesmo. Alice ficou ali, sozinha novamente – não com vergonha, mas com clareza. Sentiu-se invadida, sim, mas também desperta.

O que antes era confusão se tornava nitidez. A razão voltava a sussurrar, suave e certeira, sobre as prioridades que havia traçado. Amor? Talvez um dia. Mas não agora. Agora era tempo de si mesma.

Decidida, continuou caminhando. A areia fria sob os pés, o mar à frente, o céu começando a clarear. Uma força nova crescia dentro dela, firme e serena. Não precisava provar nada a ninguém, apenas seguir seu próprio caminho – por si, pela mãe, pelo filho, pelos irmãos. Por todas as mulheres que já ouviram que não eram "suficientes".

Na manhã seguinte, ao tentar falar com Levi, soube que ele havia saído cedo para a empresa. Aquilo selou o que já estava decidido em seu coração.

Ao comunicar à governanta que partiria, foi recebida com surpresa:

— Tem certeza de que deseja ir embora, Alice?

— Tenho – respondeu com firmeza.

A mulher, com tristeza nos olhos, aceitou a carta de demissão. Sabia que aquela moça deixaria uma ausência difícil de preencher.

Alice partiu com um sorriso leve, decidido. Sabia, enfim, o que precisava ser feito. E, talvez, o mundo ainda não entendesse – mas ela, sim.

19

Em busca do coração perdido

Nem todo amor escolhe ficar.

O silêncio da mansão era espesso. Cada passo de Levi ecoava entre as paredes frias como se gritasse a ausência de Alice.

O perfume dela ainda parecia flutuar no ar, espalhado pelos cômodos. Mas ela não estava mais ali. E isso o corroía.

Levi parou diante do espelho na sala. O reflexo mostrava um homem bem vestido, de semblante cansado e olhos inquietos. E, pela primeira vez, aquele reflexo parecia estranho – como se faltasse algo. Ou alguém.

Sem conseguir ficar parado, pegou as chaves do carro e saiu. Dirigiu direto até a casa onde trabalhava Margarete, a amiga de Alice.

— A dona ainda não voltou – disse uma das funcionárias, abrindo o portão.

— Estou procurando Margarete – respondeu Levi, ofegante.

— Vou chamá-la.

Margarete surgiu com a testa franzida.

— Senhor Levi, o que o senhor deseja?

— Eu preciso ver a Alice.

Ela o encarou por um instante, cruzando os braços.

— E por quê?

— Porque ela foi embora sem me dar uma chance de entender. E porque eu não quero abrir mão do que a gente vivenciou até aqui.

Margarete suspirou, descrente.

— Você sabe onde ela está?

— Sei. Mas você não vai conseguir chegar lá sozinho.

Não com essa roupa, esse carro, esse jeito de quem nunca precisou correr atrás de nada. E se for só pra brincar com os sentimentos dela, é melhor nem ir.

— Não estou brincando.

O carro de Levi não subiu as ladeiras estreitas do Morro do Sapo. Ele e Margarete terminaram o trajeto a pé.

Cada viela que atravessavam parecia mais estreita, mais vigiada. Olhares desconfiados surgiam nas janelas; alguns meninos seguiam o forasteiro, escoltando ou ameaçando, era difícil saber.

— Fica tranquilo – murmurou Margarete. – Já avisei que você tá comigo. Mas cuidado com o jeito de olhar. Aqui, respeito é tudo.

Levi assentiu em silêncio, sentindo o peso da realidade pulsando ao redor.

Alice havia lhe contado sobre sua infância ali – sobre as brincadeiras entre becos, os dias difíceis e as noites sem luz –, mas ouvir era uma coisa. Ver era outra. A realidade, crua e sem filtros, esmagava-o com uma força que nenhuma narrativa tinha conseguido transmitir.

Quando pararam em frente à casa, ele arregalou os olhos. Era uma construção de alvenaria, recém-pintada, alta, com grades modernas e câmeras. Nada da simplicidade que imaginara.

Era a casa de alguém com poder.

— O irmão dela… – Margarete hesitou. – É respeitado aqui. Não mexe com quem não deve. Entra, mas se prepara. Essa não é a Alice que você conheceu em Ipanema.

O portão se abriu. Um rapaz tatuado, olhar duro, camisa regata e corrente no pescoço apareceu.

— Quem é?

— É o tal Levi – respondeu Margarete.

O homem encarou Levi de cima a baixo.

— O boy riquinho veio até aqui, hein? Vai, entra. Mas se ela mandar você embora, eu não vou te escoltar de volta.

Levi engoliu seco e entrou. A sala estava impecável: televisão grande, sofá novo, fotos de família em porta-retratos dourados. Nada da miséria que ele esperava.

Alice surgiu no corredor com os cabelos presos e uma camiseta simples. Ela parou ao vê-lo, surpresa.

— Levi?

— Eu precisava te ver – ele disse.

Ela olhou para o irmão, que discretamente deixou o ambiente. Margarete também se retirou.

— Não era pra você vir – disse Alice, seca.

— Por que foi embora daquele jeito?

— Porque eu precisava. Porque eu sabia que, mais cedo ou mais tarde, isso ia acontecer. Eu vi como aquela sua amiga me olhou. Vi como ela te olhou.

— Quem?

— A Clara. Aquela que vivia te rodeando na mansão. Viu o beijo. Me abordou na praia. Sabe o que ela me disse?

Levi balançou a cabeça, inquieto.

— "Gostou do que provou? Porque é só isso que vai ter. O Levi é nosso. Do nosso mundo. Você nunca vai ser." – Alice repetiu, com raiva nos olhos. – Ela riu de mim. Da minha roupa. Do meu jeito. Da minha história.

Levi tentou se aproximar, mas ela recuou.

— E você acha que eu ligo pra isso? – ele disse, mais alto. – Acha que eu escolhi nascer onde nasci? Acha que você é menos por causa de onde veio?

— Eu não sou menos, Levi. Mas eu sou realista. Você é o cara das reuniões em inglês, do vinho caro, das fotos de gala. E eu? Eu sou uma mulher com um filho pra criar e um irmão que comanda o morro. Isso não é novela.

— Então me diz o que fazer!

— Não tem o que fazer. Você vai cansar. A sociedade vai cobrar. E, no fundo, você vai perceber que eu não sou o que esperava.

Levi se aproximou, voz baixa e firme:

— Eu não esperava nada. Eu me perdi em você.

Alice vacilou. Havia lágrimas contidas nos olhos. Mas o tom dela não cedeu.

— Eu também me apaixonei. Mas amor, Levi, não paga escola. Não apaga olhares tortos. Não protege meu filho. E eu não vou ser a mulher que se adapta. Lutei pra ser quem sou. Não vou me esconder por ninguém.

— O meu amor pode pagar escola, sim, e proteger a família que a gente construir. — Não quero que você se esconda. Quero que você brilhe ainda mais.

Houve um silêncio longo.

— Desculpe-me. Mas não.

Levi apenas a olhava, sem coragem de insistir.

— Se você mudar de ideia...

Houve um silêncio longo.

— Eu não vou mudar – ela cortou, firme. – Mas obrigada por vir.

Ele assentiu, sem forças para contestar. Saiu sem olhar para trás, enquanto ela fechava a porta devagar, como quem sela uma decisão. Do lado de fora,

Margarete o esperava.

— E aí?

Levi respirou fundo, a voz embargada:

— Ela tá certa. E é isso que mais dói.

Desde que rompera com Levi, Alice decidiu direcionar toda sua energia à carreira jurídica. À medida que a luz matutina penetrava pela janela, Alice, imersa na quietude do ambiente, despertava de um sono profundo, reflexo de meses marcados por incessantes jornadas de estudo. A cena revelava a meticulosa preparação para um desafio iminente: o Exame da Ordem. Esse exame, temido por muitos, representava para ela a tão desejada oportunidade de conquistar sua "carteirinha da OAB".

Nesse delicado equilíbrio entre a revisão e a ansiedade pré-exame, Alice buscava absorver cada detalhe dos temas que seriam abordados. A prova era mais do que um simples teste; era um portal que, uma vez atravessado com êxito, abriria as portas para a prática da advocacia, algo que ela ambicionava profundamente.

Contudo, a complexidade do desafio estava intrinsecamente ligada à necessidade de obter uma classificação destacada. A tão esperada "carteirinha" não era um mero objeto, mas um símbolo do mérito alcançado, concedendo-lhe o "passe livre" para ingressar no competitivo cenário jurídico. A realidade de Alice, ancorada em sua dedicação incansável, remetia não somente ao ato de realizar a prova, mas ao compromisso de superar-se em busca de uma posição que viabilizasse sua atuação como profissional de Direito.

Ao sombreamento da manhã, Alice persistia na revisão, almejando não apenas a aprovação, mas também a excelência que pavimentaria seu caminho na profissão. O desafio estava prestes a se concretizar, e a jovem estudante, com seus olhos fixos nos livros, depositava em cada página virada a esperança de transformar seu árduo esforço em uma promissora trajetória profissional.

Iniciou seu dia com determinação. Ao despertar, deparou-se com Fernando ainda mergulhado em um sono tranquilo, dirigiu-lhe um rápido olhar e prontamente se levantou.

Encaminhou-se para o banho, onde, por alguns instantes, mergulhou em seus próprios pensamentos. O café, preparado com esmero, era o prelúdio de um dia que, embora repleto de desafios, diferenciava-

-se por um propósito claro, alimentado por uma força interior recém-descoberta, que a impelia a prosseguir destemida.

A rotina dos dois, agora, adquirira uma nova tonalidade. A jornada era intensa, mas a diferença residia no direcionamento claro que neste momento delineava seus passos. Organizou minuciosamente os detalhes, garantiu que Fernando estivesse devidamente encaminhado para a escola e, em seguida, dirigiu-se ao trabalho.

A conclusão de sua graduação em Direito consolidava, a cada dia, a convicção de que estava trilhando o caminho certo e que a advocacia era seu destino.

Assim, imbuída desse propósito renovado e munida de sua formação acadêmica, Alice enfrentava os compromissos diários com coragem e determinação, ciente de que cada passo dado a aproximava mais do futuro que visualizava para si e para o filho. O desafio tornara-se não somente uma jornada profissional, mas um caminho delineado por convicções e uma força interior que a impelia a superar os obstáculos e a abraçar as oportunidades que se apresentavam.

À medida que mergulhava mais fundo nas complexidades do Direito, Alice descobria uma nova dimensão de sua própria capacidade. Cada caso estudado, cada argumento formulado, aproximava-a mais de seu objetivo de utilizar o conhecimento jurídico como uma ferramenta para promover a justiça e a equidade na sociedade.

As batalhas travadas nos tribunais eram apenas um reflexo externo de sua luta interna para construir um futuro melhor para si e para aqueles que amava.

E, à medida que os dias se transformavam em semanas, e as semanas em meses, Alice percebia que estava se aproximando cada vez mais do ponto de inflexão em sua jornada. O destino reservava desafios ainda maiores, mas também promessas de realizações e conquistas que a aguardavam no horizonte.

O período dedicado aos estudos foi também a fase mais afetuosa com Fernando. O tempo em que permanecia em casa era dividido entre os livros e os cuidados com o menino. Alice experimentou momentos inesquecíveis com o garoto. Sentavam juntos para realizar as tarefas de casa, faziam receitas de bolos saborosos e, acima de tudo, aprofundavam os laços que os uniam. Alice vivenciava com o pequeno uma intensa troca de carinho, que nunca recebera de dona Marta.

— Mãe, vem jogar bola comigo?

— Querido, eu não entendo nada de futebol.

— Ah, mãe. Você não precisa saber jogar. Fica aqui no gol. Você faz as defesas e eu sou o atacante.

— Então fechado. Eu não vou deixar passar uma bola. Você vai ver.

No primeiro chute, Fernando fez um belo gol e ficou radiante de alegria.

— Ô, mãe, você tomou um frango. Também, jogando com esse super artilheiro...

— Verdade, você é o melhor, meu rapazinho – disse Alice, cobrindo o menino de beijos.

— Te amo, mãe – disparou o menino, espontaneamente.

— Eu também. Agora vai tomar banho porque precisamos descansar.

— Está bem.

Alice e Fernando deitaram juntos e o menino rapidamente dormiu. Realizada, a mãe se perdeu em bons pensamentos até pegar no sono também.

20 Agora sou advogada

Errar também constrói.

Márcia Siqueira, uma renomada advogada especializada em Direito de Família, destacava-se pela sua notoriedade e pelo compromisso comunitário no Rio de Janeiro. Sua popularidade decorria principalmente do trabalho dedicado às comunidades, onde orientava, sobretudo, mulheres acerca de seus direitos. Alice teve um breve encontro com Márcia alguns anos atrás durante um dos desfiles por ela promovidos no Morro do Sapo. A troca de palavras foi mínima, quase inexistente, mas uma aura de admiração permeou o ambiente, criando uma delicada ligação entre as duas.

Nesse período de dedicação aos estudos, Alice voltou a aceitar trabalhos como diarista em diversas casas de família. Essa escolha pragmática objetivava garantir sua subsistência e proporcionar as condições necessárias para avançar em direção aos seus propósitos. Sentindo a necessidade de explorar novas oportunidades, Alice recordou-se do breve encontro com Márcia e percebeu que não seria uma tarefa árdua recuperar seu contato.

Esse reencontro potencial com a advogada não só alimentava a esperança de novas orientações e oportunidades, mas também representava uma ponte entre o passado e o presente de Alice. A conexão tênue que havia sido estabelecida no passado, durante o desfile no Morro do Sapo, parecia agora uma peça-chave para seus objetivos futuros. E a sua trajetória, marcada por desafios e determinação, ganhava uma nova dimensão ao vislumbrar a possibilidade de contar com o apoio e a experiência de Márcia em sua jornada.

A renomada advogada era frequentemente vista nos Centros Comunitários, participando de palestras e oferecendo orientações. Em um desses eventos, Alice, munida de coragem, decidiu abordá-la, solicitando humildemente cinco minutos de seu tempo. Prometeu ser concisa. Márcia a observou com um olhar que denotava certo reconhecimento.

— Tenho a impressão de já tê-la visto em algum lugar. É possível?

— Sim, Dra. Márcia, sou Alice. Durante um tempo, coordenei um projeto de ensino profissionalizante no Morro do Sapo. Criei uma grife chamada Mãe Alice, em homenagem à ONG. Mas, infelizmente, acabei ficando "marcada" por um acontecimento muito triste.

— Oh, sim, lembro-me de você. Embora o meu tempo seja escasso, se quiser, pode me acompanhar. Podemos conversar enquanto nos dirigimos para o meu próximo compromisso, está bem?

Os olhos de Alice brilharam com esperança. Finalmente, alguém estava disposto a ouvi-la. Ela não perderia aquela oportunidade. Alice compartilhou um pouco de sua trajetória, mencionando que deixou um emprego, mas omitiu a parte do romance, decidida a seguir em busca do sonho de trabalhar na área da Justiça. Com orgulho contido, revelou que retomou os estudos e estava se preparando para o Exame da Ordem. Atualmente, trabalhava como faxineira em diversos lugares para sustentar o filho e seu lar. Expressou o desejo de ter uma oportunidade de trabalho no escritório da advogada, mostrando-se disposta a desempenhar qualquer função, somente para ter a chance de aprender e estar próxima daquele ambiente. Márcia ouviu atentamente, deixando-se envolver por suas próprias lembranças de quando era uma jovem simples, repleta de sonhos. Embora a realidade tivesse sido mais generosa com Márcia, ela conseguia compreender a situação de Alice.

— Você já não faz parte do Projeto Mãe Alice?

— Não diretamente. Penso em retornar um dia, mas após a tragédia ocorrida durante o desfile, senti a necessidade de me afastar por um tempo. No entanto, tanto o projeto quanto a comunidade sabem que estou disponível sempre que precisarem.

— Acho que fez a escolha certa.

— Mas absorvi muito conhecimento com as mulheres talentosas do projeto e, hoje em dia, até me aventuro a criar alguns desenhos de roupas nas horas livres, por mero *hobby*.

— Posso ver?

— Prometo que mostro qualquer dia desses – afirmou com um sorriso tímido.

Márcia assentiu com a cabeça e, então, fez uma proposta.

— Você é uma moça de muitos talentos. Se você realmente deseja, você pode trabalhar comigo duas vezes por semana no escritório.

— É o que mais desejo.

— Então, seja bem-vinda à minha equipe.

Por algum tempo, Alice continuou com trabalhos como diarista nos dias vagos, e nos fins de semana auxiliava a advogada em eventos nas comunidades. Gradualmente, passou a participar de palestras, orientando mulheres sobre seus direitos e encaminhando casos para a Defensoria Pública e para o Conselho Tutelar, entre outros. Era um processo de aprendizado mútuo, em que Alice tanto absorvia conhecimento quanto compartilhava suas experiências.

Em cada caso que envolvia questões como guarda de crianças, abandono e encaminhamento para adoção, Alice experimentava uma sensação de aperto no coração. A lembrança do primeiro filho surgia em sua mente, acompanhada do sentimento de culpa e uma incessante necessidade de justificar as decisões tomadas naquela época. A completa absolvição de si mesma talvez fosse algo inalcançável, todavia, uma pequena luz dentro dela sussurrava que a criança havia crescido em um ambiente feliz, sendo esse seu único consolo.

Márcia, por sua vez, ficava surpresa com o notável talento de Alice para lidar com situações tão delicadas. Rapidamente, a experiente advogada tomou a decisão de convidá-la para integrar sua equipe como assistente em seu escritório em tempo integral. Nos primeiros momentos, as responsabilidades de Alice permaneceriam voltadas para tarefas mais básicas, como organizar arquivos, lidar com processos e coordenar eventos nas comunidades. Em troca, receberia um salário condizente, seus direitos seriam garantidos e teria a oportunidade de aprimorar seus conhecimentos. A proposta apresentada por Márcia também significava que Alice abandonaria os trabalhos como faxineira, marcando assim o início de uma nova fase.

Após concluir a graduação e prestes a enfrentar o desafiador Exame da Ordem, Alice desempenhava o papel de assistente pessoal de Márcia. Sua rotina agora consistia em um intricado equilíbrio entre as responsabilidades do trabalho, a dedicação aos estudos para a iminente prova e os cuidados com Fernando, que já contava quase dez anos. A jovem mãe se desdobrava com maestria para cumprir essas distintas esferas da vida.

O filho, por sua vez, estava naquela fase encantadora da infância, apreciando as atividades típicas da idade, como a leitura, os jogos de bola e as brincadeiras com pião. Eram coisas corriqueiras e saudáveis para uma criança de sua faixa etária, especialmente notáveis em um mundo onde tantos pequenos estão ininterruptamente conectados às telas digitais, uma realidade que não fazia parte do universo do garoto. Esses momentos simples e autênticos refletiam a criação cuidadosa proporcionada por Alice, que, mesmo diante dos desafios, estava empenhada em oferecer ao filho uma infância rica em experiências genuínas.

Devido à sua tenra idade, Fernando não possuía celular, *tablets* e outros dispositivos eletrônicos, mas não ficava totalmente alheio a essas tecnologias. Pelo contrário, tinha acesso a um *videogame*, permitido por sua mãe em momentos estrategicamente planejados. Além disso, ele participava ativamente das aulas de informática, o que evidenciava o equilíbrio de Alice entre a preservação de tradições e a incorporação de inovações tecnológicas em seu cotidiano. Com naturalidade, ela compartilhava seus conhecimentos com o menino, proporcionando-lhe uma educação que abraçava tanto elementos tradicionais quanto as modernas ferramentas digitais, como aprender a solucionar dúvidas no *smartphone* de forma conjunta.

Fernando pertencia à geração que parecia "nascer sabendo" os mistérios dos eletrônicos. O garoto, que estava às vésperas de finalizar o quarto ano do Ensino Fundamental, também frequentou aulas de reforço, uma vez que Alice tinha compromissos que limitavam o tempo que podia dedicar às necessidades escolares do menino. Mesmo auxiliando-o nas tarefas escolares, ela percebeu a necessidade de buscar ajuda profissional para assegurar que ele acompanhasse satisfatoriamente a sua turma. O progresso do garoto encheu Alice de orgulho, evidenciando o esforço e a atenção que dedicava à sua educação.

Os dias transcorriam serenos, desafiando toda a lógica que tinha marcado os últimos anos da vida de Alice. Em momentos de pausa, ela contemplava o céu estrelado e até sentia que, talvez, estivesse reconciliando-se com o Deus que a intrigava tanto. À sua maneira, expressava gratidão pelas escolhas recentes e pelo caminho que conseguiu trilhar.

A chegada do dia da prova foi marcada por uma certeza inabalável de que, depois de tudo que passou, nada poderia dar errado. A avaliação era, para ela, uma formalidade necessária para cumprir os trâmites de tornar-se advogada. O conhecimento das leis, o lado humano e a empatia já faziam parte dela há muito tempo. Era aquela vocação que ressoava interiormente, o que sua alma sabia fazer de melhor. Auxiliar, orientar e esclarecer mulheres tão perdidas quanto um dia ela esteve era seu propósito fundamental.

No dia da prova, Alice garantiu que Fernando estivesse na casa da vizinha, proporcionando-lhe a oportunidade de interagir com outras crianças. Apesar das circunstâncias modestas em que viviam, aquela comunidade simples era rica em afeto, revelando um cenário onde os moradores se apoiavam mutuamente.

Ao ingressar na sala de exame, Alice sentiu uma mistura de ansiedade e emoção. Entretanto, percebeu que não era um nervosismo causado por insegurança ou temor diante da prova; era, na verdade, uma alegria genuína. Não habituada a experimentar momentos felizes, demorou um pouco para identificar que o que sentia era uma felicidade autêntica, conquistada com mérito.

Com a conclusão da prova, o próximo passo consistia em aguardar o resultado. A expectativa pairava no ar, e Alice encarava esse período de espera com uma confiança serena. Cada desafio superado não só reforçava sua preparação, mas também a aproximava ainda mais da realização concreta de seus objetivos. Nessa fase de antecipação, ela refletia a respeito do caminho percorrido, enraizando a convicção de que seu esforço seria recompensado no desfecho desse capítulo acadêmico.

O gabarito preliminar finalmente foi divulgado, e os indícios apontavam para um resultado extremamente positivo. Alice transbordava de felicidade e, num impulso de celebração, decidiu comemorar degustando uma deliciosa pizza na companhia de Fernando. O garoto parecia um pouco abatido, cansado. Ela imaginava que talvez fosse devido aos excessos de brincadeiras com os amigos, e acreditava que uma pizza seguida de um bom descanso resolveria os problemas.

Com a divulgação final do resultado da prova, Alice recebeu a confirmação de que possuía seu registro e estava habilitada para exercer a advocacia.

A chegada ao escritório foi marcada por uma recepção calorosa, com aplausos e flores. Márcia sorriu antes mesmo de abrir os braços.

— Sabia que você ia conseguir – disse, com um brilho nos olhos que Alice jamais esqueceria.

Em seguida, guiou-a até uma sala no fim do corredor. Na porta, uma placa exibia seu nome.

Alice parou por um instante. Era só uma peça de metal gravado, mas para ela parecia um espelho do impossível – seu nome agora brilhava ali, fixado com dignidade, lembrando-lhe que valia a pena.

Entrou devagar, como quem pisa num sonho com medo de acordar.

Naquela sala, entre estantes novas e cheiro de tinta fresca, Alice sentiu algo raro: pertencimento.

Ali, ela lutaria por histórias como a dela. E isso, mais que conquista, era redenção.

Em vários momentos, Alice se pegava refletindo sobre sua jornada, relembrando todas as experiências pelas quais passara. Em meio a essas reflexões, uma pontinha de medo a assombrava, alimentada pela dúvida de merecer a boa sorte e os dias tranquilos que atualmente desfrutava. O sofrimento, afinal, deixa suas marcas profundas.

Embora tenha afastado esse sentimento nebuloso, Alice se viu imersa em outro pensamento intrigante: o que estaria Levi fazendo agora? Como estaria ele e o que diria ao testemunhar todas as suas conquistas? Contudo, achou melhor afastar esse pensamento. A vida seguia seu fluxo, e ela estava determinada a não se perder nas arrevesadas teias do passado.

Tudo transcorria de acordo com o planejado. A melhoria financeira era evidente, e a alegria e satisfação de Alice resplandeciam em seus olhos como centelhas luminosas. Contudo, nos últimos tempos, uma inquietação começava a se insinuar em sua mente, concentrando-

-se especialmente em Fernando. O desempenho acadêmico do garoto não estava atendendo às expectativas. Ele apresentava dificuldade de concentração, sinais de cansaço e uma leve perda de peso. Alice entendia que a idade traz consigo mudanças significativas e tinha ciência de que a pré-adolescência e a adolescência poderiam acarretar alterações notáveis no corpo e comportamento do menino, preparando-se para os desafios típicos desse período. Porém, havia indícios de que algo não estava bem.

Nas primeiras horas da manhã, Alice deixou o filho na escola com um beijo distraído na testa e a cabeça já ocupada com o peso do dia. Tinha uma audiência sensível no Tribunal – guarda de filhos, pensão alimentícia, um daqueles casos em que o que se diz e o que se omite pode mudar um destino.

Antes de seguir para o Fórum, passou rapidamente no escritório para revisar o processo e despachar pendências. Sentia-se preparada, confiante, como quem domina o campo de batalha.

Na sala reservada aos advogados, enquanto esperava a cliente descer da recepção, o celular vibrou. A tela exibia o nome da escola.

Atendeu esperando algo rotineiro, mas a voz do outro lado veio embargada. Seu filho havia desmaiado durante a aula. Estava no hospital.

Alice se desesperou. Nesse momento, foi como se o mundo parasse. O Código, os artigos, os argumentos – tudo sumiu da mente. Sobraram apenas o som abafado ao redor e um pensamento insistente que a atravessava como um raio: "E se eu estiver perdendo o que importa tentando salvar o que já foi?"

A sensação era familiar. Tinha vivido algo parecido meses antes, mas de um outro ângulo – o profissional.

O caso parecia simples: uma menina de 13 anos, retirada da mãe e levada para um abrigo por denúncia de negligência. Alice leu os autos, ouviu a mulher. Era confusão, não descaso. A mulher amava a filha – só não sabia demonstrar.

E Alice acreditou que bastava provar isso.

Entrou com ação, pediu urgência, articulou laudos e testemunhos. Confiava que a justiça faria sua parte.

A menina voltou para casa dois meses depois. Com marcas no braço e no rosto.

Não foi a mãe. Foi o padrasto. Ninguém o mencionou. Alice nunca o viu.

Na audiência seguinte, a menina não quis mais encará-la.

Alice sentiu o estômago virar. Engoliu a culpa como se fosse pó – fino, invisível, impossível de varrer.

"Quis ajudar. Mas ajudei errado. E agora, quem paga é ela. Como eu já paguei um dia por acreditar demais em promessas que pareciam bonitas no papel."

Diante desse inesperado revés, uma sensação peculiar envolveu completamente o corpo de Alice, causando uma momentânea paralisação. Felizmente, contava com a presença solidária de uma colega do escritório, que prontamente se ofereceu para assumir a responsabilidade e substituí-la na audiência agendada, e ela partiu imediatamente ao encontro de seu menino, que necessitava tanto de sua ajuda quanto de sua presença reconfortante.

Chegando ao hospital, Alice exibia evidente tensão. Ao inquirir sobre a situação do garoto, a equipe comunicou que ele havia sido medicado na enfermaria e seria transferido para um quarto. Os profissionais de saúde manifestaram a necessidade de realizar alguns exames para uma compreensão mais aprofundada da condição do jovem. Já ao lado do menino, Alice aguardava ansiosamente por mais informações que pudessem trazer alívio em relação ao estado de saúde dele.

Foram vários dias de apreensão e ansiedade. Fernando, como toda criança, mostrava-se impaciente e assustado diante das inúmeras coletas de sangue e das medicações na veia. Sem uma previsão clara de alta, Alice sentiu-se novamente perdida. No início de um plantão, o médico responsável pela equipe que cuidava do garoto solicitou a presença de Alice para uma conversa.

— Alice, recebemos os resultados dos exames e você precisará ser forte para auxiliar seu filho.

— Diga-me, doutor. O que está acontecendo com meu menino?

A angústia transparecia em seu rosto.

— Olha, você precisa manter a calma para compreender o que vou explicar aqui. Fernando foi diagnosticado com leucemia.

O chão pareceu abrir-se sob os pés de Alice, a sala girou ao seu redor e ela se viu incapaz de chorar ou gritar. Ficou ali, como que anestesiada, aguardando que a vida retomasse sua normalidade. Contudo, a normalidade que ela conhecia não retornaria tão cedo. A notícia abaladora a respeito da condição de saúde de seu filho deixou-a em um estado de choque. Impactada, ela tentava processar a nova realidade.

O médico detalhou minuciosamente para Alice os aspectos do tratamento, enfatizando a necessidade imperativa de Fernando submeter-se a um transplante de medula óssea. O caminho a ser percorrido era longo e complexo. A primeira medida seria realizar testes em todas as pessoas próximas e elegíveis para doação, simultaneamente à busca por um doador no Registro Nacional de Doadores Voluntários de Medula Óssea (REDOME). Caso não houvesse um doador compatível entre os conhecidos, restaria aguardar pela busca na Instituição especializada. O grande desafio residia no fato de que Fernando não poderia esperar por muito tempo; o caso demandava urgência.

Os dias foram se desenrolando, e, mais uma vez, Alice se encontrava em uma espécie de suspensão da realidade normal. Seu foco e propósito eram inteiramente dedicados a salvar a realidade do filho. Amigos, colegas do escritório e até mesmo pessoas que ela conhecera no hospital submeteram-se aos testes, contudo, nenhum deles se mostrou compatível com Fernando. O desespero começou a se aprofundar, uma vez que o garoto se encontrava cada vez mais debilitado devido às medicações intensas, necessárias antes do transplante, e o avanço implacável da doença.

Alice dirigiu-se ao jardim do hospital, sentindo-se perdida, sem um rumo certo. Ao avistar uma capela, adentrou o recinto, acomodou-se em um banco e ponderou olhando para o teto:

— Mais uma vez brincando comigo, não é, Deus? Parecia que havíamos feito as pazes, e agora isso? Diga-me, qual o meu próximo passo? Há uma resposta?

Gradualmente, ela afastou esses pensamentos, que julgou serem inúteis, enxugou as lágrimas e retornou ao hospital. Porém, caminhando pelo corredor, completamente absorta em seus pensamentos, equivocou-se no trajeto para o quarto de Fernando e acabou chegando à maternidade. Ao se deparar com a cena de bebês dispostos em seus leitos, e pais e familiares expressando alegria e orgulho ao contemplar as novas vidas, não hesitou: sentiu a urgência de localizar seu primogênito. Não suportava mais a incerteza a respeito do destino do menino e provavelmente a enfermidade de Fernando era uma punição por tê-lo deixado.

Marcelo, um jovem adulto, residia com seus pais adotivos, Carlos e Valéria, no bairro do Leblon, e encontrava-se nos preparativos para um intercâmbio na Europa. A dinâmica familiar sempre foi pautada pela transparência, uma vez que Marcelo foi adotado e a diferença racial era evidente, já que ele era negro e seus pais, brancos. A abordagem desde a infância foi orientada pela verdade.

O pai de Marcelo, um profissional da medicina, e a mãe, uma advogada, vivenciavam momentos de culpa e desconforto ao relembrar o processo de adoção escolhido para o filho, especialmente Valéria, que era uma profissional da Justiça. Contudo, confrontados pela dor decorrente de uma tragédia e a profunda depressão de Valéria, Carlos optou por uma abordagem não convencional, deixando de seguir os trâmites legais e antecipando a chegada do bebê em uma decisão emergencial.

A família enfrentara a perda de um bebê de quase um ano, vítima de afogamento na piscina. Essa perda devastadora, aliada à impossibilidade de Valéria conceber mais filhos e à sua batalha contra uma depressão grave, gerou a urgência de encontrar uma criança para amar e mitigar suas dores. Foi nesse contexto desafiador que Marcelo entrou em suas vidas.

— Carlos, fizemos a escolha certa ao não seguir os trâmites legais.

— Eu sei, querida. Foi uma decisão difícil, por causa dos nossos princípios, mas não me arrependo.

— Enfrentar a perda do nosso primogênito foi o desafio mais árduo que já vivenciamos. No entanto, Marcelo tornou-se o presente mais valioso que poderíamos receber. Ele trouxe luz aos nossos dias sombrios.

— Por isso mesmo, não lamento. Ele ingressou em nossas vidas de maneira não convencional, mas alterou nosso curso para sempre.

Marcelo tinha conhecimento de sua adoção, embora os detalhes permanecessem obscuros e ele desconhecesse a identidade de sua mãe biológica. Esforçava-se intensamente para compreender os motivos que a levaram a entregá-lo para adoção, mas suas reflexões pareciam vagar por um labirinto de incertezas sem encontrar uma conclusão clara. Buscava nutrir o perdão em seu coração, convencido de que essa era sua jornada predestinada. Aceitava serenamente que tudo ocorreu conforme deveria, sem alimentar queixas. Desfrutava de uma vida excelente e, verdadeiramente, sentia-se profundamente amado por seus pais adotivos.

No entanto, em seu íntimo, abrigava um sentimento indescritível e uma curiosidade pulsante em relação ao seu passado. Embora não estivesse ativamente em busca dessas respostas, era consciente de que, alguma hora, precisaria desvendar sua história para alcançar uma sensação de totalidade. Essa jornada interior revelava-se como um misto de emoções, marcada por um anseio silencioso de compreender suas raízes e encontrar uma conexão mais profunda com sua origem.

A constante ideia de reencontrar seu filho mais velho permeava incessantemente os pensamentos de Alice, tornando-se uma possibilidade que poderia se revelar como a única chance de salvar Fernando. Porém, inquietações surgiam: e se, mesmo ao encontrá-lo, ele não desejasse auxiliar o irmão? Que tipo de sentimento nutria por ela? Seria mágoa? Ressentimento? Mesmo que ele recusasse ajudar, estava decidida a procurá-lo.

A enfermidade de Fernando ressuscitou sentimentos dolorosos profundamente enterrados, e ela estava disposta a enfrentar o passado, não importando quais desafios surgissem. Alice refletiu sobre essas questões e concluiu que a única maneira seria localizar a "agente de adoção" com quem tratou na época.

A recusa era uma possibilidade, mas ela não poderia deixar de tentar o possível para salvar o outro filho. Já sofria excessivamente com a culpa que carregava por ter deixado seu primeiro bebê, arrependendo-se profundamente da decisão tomada na época. Compreendia que o passado era imutável, mas buscava uma maneira de reconciliar-se com ele. Mesmo que o primogênito se recusasse a ajudar, estava decidida a procurá-lo.

Refugiava-se na ideia de que essa situação poderia ser um desafio divino para curar a ferida que carregava na alma, resultado da incerteza a respeito de seu lindo menino.

Até hoje, podia sentir seu cheirinho de recém-nascido, e as lembranças acariciavam seu coração sempre que pensava nele. A agente ainda morava no Morro do Sapo, e suas atividades eram aceitas no local, pois Zuleide, discreta, mantinha seus segredos. Alice decidiu procurá-la.

A troca de palavras entre as duas mulheres tornou-se um momento de extrema tensão, no qual Alice se viu obrigada a apelar para qualquer resquício de sentimento que ainda pudesse residir em Zuleide, não importando qual fosse a natureza desse sentimento. Era um apelo desesperado, permeado pela força inigualável de uma mãe que buscava salvar seu menino a qualquer custo.

Entretanto, a agente, experiente, já havia enfrentado situações semelhantes. Mães arrependidas por entregarem seus filhos surgiam ocasionalmente, e Zuleide precisava lidar com essas circunstâncias delicadas. Inclusive, a própria Alice, na época, tentou reaver seu bebê, trazendo à sua memória a recordação de que, para escapar das investidas arrependidas da moça, teve que se refugiar na casa de alguns parentes por algum tempo. Após o negócio ser concluído, nada mais poderia ser feito, uma vez que isso comprometeria a reputação de seu trabalho e a colocaria em desgraça com os influentes integrantes do grupo ao qual pertencia. Dessa vez, contudo, ela se deparava com o desespero de uma mãe em busca de salvar seu filho, e essa situação única demandava uma abordagem delicada.

— Olha, eu entrego crianças para essas famílias há anos. Não tenho os dados de todas. Preciso olhar se fiz algum registro na época.

Alice implorou:

— Pelo amor de Deus, faça o que for possível. Ajude-me, por favor! Sei que estou te colocando em uma situação delicada, mas não tenho outra saída.

Diante do apelo, a velha senhora concordou em revisar seus registros.

— Vou ver o que posso fazer. Aguarde aqui.

Ela se retirou até um quarto nos fundos, onde examinou papéis e anotações, revelando um controle rudimentar das "entregas". Para surpresa de Alice, Zuleide conseguiu encontrar o registro "Filho da Alice". Ao regressar à cozinha, onde a jovem aguardava ansiosa, Zuleide prometeu fazer contato com os pais adotivos e expor toda a situação. Contudo, não assegurou resultados. Estipulou um prazo de dois dias, comprometendo-se a fornecer notícias, independentemente de quais fossem.

Os dias que se sucederam foram longos e angustiantes para Alice.

Zuleide conseguiu estabelecer uma conversa com o pai de Marcelo. Inicialmente, ele apresentou certa resistência, mas acabou por ceder.

Consciente de que uma situação desse tipo poderia surgir um dia, decidiu encará-la de frente. Sua formação como médico o fazia compreender ainda mais a complexidade da situação enfrentada pela família biológica do filho.

Planejava discutir a questão com a esposa e com o rapaz, mas a decisão final repousaria nos ombros dele, uma vez que isso envolvia diretamente sua vida.

— Marcelo, nunca escondemos de você que era adotado, mas consideramos melhor não entrar em detalhes a respeito de como tudo aconteceu – ponderou Carlos.

— Como você bem sabe, esse processo foi incrivelmente doloroso, principalmente porque havíamos perdido um bebê por afogamento, e essa dor é algo que não dá para descrever – complementou Valéria.

— No desespero, recorremos à adoção por intermédio de uma agente – comentou o pai.

— Essa situação sempre me incomodou, levando-me a dedicar parte do meu tempo à prestação de ajuda jurídica a pessoas carentes em busca do processo de adoção. Contribuí para tornar muitas adoções legais e seguimos com nossas vidas – relatou a mãe.

— Contudo, agora o passado nos alcançou e bate à nossa porta. A mulher que facilitou sua adoção nos procurou para informar que sua mãe biológica está necessitando de ajuda.

— Como assim, pai?

— Ela teve outro filho, e esse menino está com leucemia. É urgente encontrar um doador de medula compatível! Ela lembrou que, como irmãos, as chances são maiores. Você aceita conhecê-los?

— Pai, estou sinceramente atordoado com toda essa história. A ideia de conhecer a mulher que me abandonou me deixa desconfortável! Parece egoísmo da parte dela aparecer só porque precisa de ajuda, não acha?

— Não julgue precipitadamente, querido! Entendo a confusão em sua mente. Lembre-se de que todo acontecimento possui diferentes perspectivas. Considere que, neste momento, você pode representar a única esperança para que seu irmão tenha uma chance de cura. Respeitaremos, porém, sua decisão. Ela é inteiramente sua.

Marcelo dedicou alguns dias à reflexão, debatendo-se entre os sentimentos de frustração e raiva, ao mesmo tempo que crescia o desejo de explorar mais profundamente seu passado e sua família biológica. No âmago de seu coração, ansiava por desvendar o mistério de seu abandono e conhecer suas raízes. Acreditava firmemente que explorar suas origens não só o auxiliaria na compreensão dos desafios enfrentados, mas também poderia despertar carinho e compaixão por aqueles que, apesar de suas falhas e erros, contribuíram para a formação de sua história. Essa compaixão, sem dúvida, iria influenciar seus relacionamentos futuros, tanto dentro quanto fora da família.

— Pai, mãe, estou pronto para esse encontro!

— Tomou a decisão acertada, meu amor!

Com a aprovação de Marcelo, Carlos agendou uma conversa com Alice para o final daquela tarde.

Carlos sentia um misto de ansiedade e esperança enquanto aguardava o instante crucial daquele encontro. Sabia que abrir essa porta do passado poderia desencadear uma avalanche de emoções e revelações, mas estava determinado a apoiar seu menino nessa jornada de autodescoberta. Ele compreendia perfeitamente a importância de Marcelo entender suas origens e estava disposto a fazer o que fosse necessário para ajudá-lo nessa busca por respostas.

Ele compreendia, além disso, que o jovem se encontrava preparado para encarar o desconhecido, para se lançar de corpo e alma na jornada em busca de suas origens e da verdade que ansiava conhecer. Pois, afinal, encontrar o seu lugar de pertencimento é uma necessidade essencial para o ser humano. E essa jornada poderia ser capaz de desvendar os mistérios mais profundos do coração do jovem e dissipar aquela sensação de vazio inexplicável que o acompanhava desde cedo.

21 O reencontro

Olhos que buscavam raízes.

Alice não podia conceber que, em breves minutos, encontraria seu filho, o qual havia entregado para adoção durante a adolescência. Experimentava uma mescla de sentimentos. Tinha vontade de correr. De chorar. De rir. Tudo ao mesmo tempo. Refletiu sobre as reviravoltas surpreendentes que a vida proporciona, e a sua trajetória parecia um enredo extraído de uma narrativa cinematográfica. Pontualmente, chegaram ao hospital onde Fernando se encontrava, o local designado para esse tão aguardado encontro.

Encontrava-se na cafeteria quando avistou um casal se aproximando acompanhado por um jovem que, sem dúvida alguma, era seu menino. A semelhança entre ele e o Topete era notável. Escolheu uma mesa mais reservada, situada no canto e, para facilitar a identificação, optou por vestir uma blusa laranja e segurar um copo com suco da mesma cor. A escolha do laranja como cor predominante para aquela ocasião parecia carregar um simbolismo relevante, especialmente considerando a associação dessa cor à conscientização sobre a leucemia. Ao avistá-los, Alice acenou e, ao se aproximar para cumprimentar o casal com cordialidade, volveu seu olhar de maneira direta para Marcelo. Um sentimento de desconcerto tomou conta dela, enquanto lutava para decidir como agir diante da situação. Ela estendeu a mão, mas parou no ar. Ele a puxou para um abraço. E o tempo congelou.

— Obrigada por estarem aqui. Eu esperei por esse momento por muito tempo.

— Boa tarde! – responderam os três.

— Por favor, acomodem-se – disse Alice.

Marcelo, um jovem extremamente cortês, mesmo que se sentisse desconfortável, compreendia que sua presença ali abrangia mais do que sua história pessoal. Não nutria ressentimentos pela mulher um tanto hesitante que se encontrava diante dele e, após falarem de assuntos triviais, seus pais adotivos decidiram conceder-lhes privacidade para uma conversa mais íntima.

— Eu e sua mãe vamos dar uma volta, filho.

— Certo. Obrigado, pai.

Após a saída dos pais adotivos, Alice começou a conversa:

— Marcelo, eu... Não sei nem por onde começar. Imagino que você tenha muitas perguntas.

— Fique tranquila, Alice. Realmente tenho várias perguntas, mas você pode contar o que puder e achar relevante.

A conversa prosseguiu, revelando uma mistura de emoções contidas. Eles tentavam, aos poucos, se conhecer e compreender melhor a complexidade de seus laços familiares.

Alice compartilhou uma parcela de sua trajetória, fazendo algumas omissões deliberadas para adequar a narrativa ao momento. Expressou o desejo que teve de obter notícias dele, compartilhou o arrependimento de tê-lo entregado para adoção e reconheceu o conflito de sentimentos que a acompanhava ao longo dos anos. Falou a respeito de Topete, seu pai e grande paixão da juventude, descrevendo sua morte precoce, bem como os problemas e o falecimento de sua mãe.

— Seu pai se chamava Bento, mas os amigos o chamavam de Topete. Ele foi alguém extraordinário em minha vida. Um amor genuíno que partiu prematuramente. Foi uma perda avassaladora, e acabei enfrentando diversos desafios. Mais tarde, também perdi minha mãe.

Ao chegar a esse ponto, Alice proporcionou a Marcelo uma pausa para assimilar as informações antes de prosseguir. A tensão inicial deu lugar à tranquilidade, e eles se sentiram à vontade para discutir a possibilidade de Marcelo ser um doador para Fernando.

— Sinto-me tão grata por você estar disposto a nos ajudar.

— Não precisa agradecer, afinal, o garoto é meu irmão.

Ao regressarem do passeio, os pais de Marcelo demonstraram contentamento com o desenvolvimento do encontro. Sentiram simpatia por Alice e ficaram tocados com a sua história. Dada a formação médica de Carlos, ele participou da conversa sobre a doença da criança e esclareceu que havia uma possibilidade de compatibilidade, embora não fosse uma certeza absoluta. Mesmo assim, a esperança brilhou nos olhos de Alice.

Ao finalizar a conversa, dirigiram-se ao encontro de Fernando, concordando que, por ora, ele não seria informado de que o doador era seu irmão biológico. Essa revelação seria feita posteriormente. Ajustaram os detalhes com a equipe médica para os exames de compatibilidade e se despediram. Contudo, antes de Marcelo deixar o hospital, Alice segurou sua mão, olhou profundamente em seus olhos e disse:

— Marcelo, peço que me perdoe pelo que fiz no passado.

— Vamos virar essa página e seguir em frente, Alice!

— Agradeço de coração por sua disposição em ajudar. Suas ações significam o mundo para nós!

— Não precisa agradecer. Estou aqui para ajudar da melhor forma possível. Espero que tudo dê certo para o garoto.

Parecia que toda a jornada de Alice até ali tinha sido conduzida para vivenciar esse instante. Marcelo abraçou sua mãe biológica e afirmou que poderiam ser amigos. Uma luz se acendeu para Alice.

Fernando encontrava-se em uma condição estável, mas notavelmente fragilizado pela doença e pelo rigoroso tratamento. A situação atingira um ponto crítico, e a necessidade de um transplante era iminente.

Alice aguardava ansiosamente a chegada do médico com os resultados dos exames de Marcelo, cujos pais também estariam presentes em poucos minutos. Na sala, pairava uma atmosfera carregada de tensão e expectativa. Quando o médico de Fernando trouxe consigo os resultados e outros documentos, confirmou-se o que todos aguardavam:

— Marcelo, o irmão de Fernando, é compatível para ser o doador – disse o doutor.

— Graças a Deus! – exclamaram ao mesmo tempo.

Um suspiro coletivo de alívio e gratidão preencheu o ambiente. Iniciaram-se as tratativas burocráticas necessárias, dando início a uma corrida contra o tempo.

Essa corrida, no entanto, não era somente contra o relógio, mas também contra os temores e apreensões que uma situação tão delicada como essa inevitavelmente traz consigo.

No dia da cirurgia, a tensão era palpável na sala de espera, onde Alice, Valéria e Márcia aguardavam ansiosas por notícias, unindo suas mãos em oração enquanto esperavam por notícias. A ansiedade aumentava diante do prolongado silêncio e da ausência de atualizações, mas considerando que Carlos acompanhava de perto no Centro Cirúrgico, qualquer eventualidade já teria sido comunicada.

Após horas de tensão, a espera finalmente terminou. O médico se aproximou das três mulheres na sala de espera para compartilhar as notícias.

— Senhoras, deu certo! O procedimento transcorreu conforme o esperado. O próximo passo é aguardar pela reação de Fernando ao transplante. Estamos otimistas, mas ainda há etapas delicadas pela frente. A recuperação é um processo gradual, e precisamos acompanhar de perto.

Alice, com lágrimas nos olhos, expressou:

— Obrigada, doutor! Estamos muito gratas pela boa notícia! Quais são os próximos passos?

O médico explicou detalhadamente as etapas seguintes do tratamento, orientando a respeito de o que esperar e como proceder nos próximos dias. As ouvintes absorveram as informações com esperança renovada, cientes de que o caminho ainda era desafiador, mas com a determinação de enfrentar cada obstáculo juntas.

22 Novamente o amor

Só quem quase quebrou entende o risco.

Após alguns meses, o tratamento de Fernando prosseguia, e os resultados eram bastante promissores, evidenciando uma melhora significativa. Marcelo, ocasionalmente, visitava o meio-irmão, proporcionando conforto ao coração de Alice. Durante esses momentos, eles também aproveitavam para realizar atividades juntos, dando oportunidade a Alice de compartilhar mais aspectos de sua história e conhecer melhor a rotina de seu filho. Esses encontros não só fortaleciam os laços familiares, mas também contribuíam para a construção de uma relação mais profunda e significativa entre os irmãos.

Após retomar o trabalho, Alice conciliava suas responsabilidades profissionais com os cuidados dedicados ao caçula. Ela passou a gerenciar seu próprio escritório, fruto de uma forte parceria com o escritório de Márcia. Finalmente, sentia-se dona de si. E do próprio caminho.

Além disso, ela reassumiu seu papel no Projeto Mãe Alice e ampliou sua atuação para outras comunidades. O orgulho de ter iniciado uma causa tão relevante para transformar o Morro do Sapo em um lugar digno e desenvolvido, oferecendo assistência social, educação e capacitação, era evidente em suas conquistas. Essa trajetória marcante demonstrava não apenas a superação de desafios, mas também a capacidade de impactar positivamente a vida daqueles ao seu redor.

Simultaneamente, ela deu os primeiros passos no lançamento da sua marca de moda, *Palha e Trança*, aproveitando o talento excepcional das artesãs da comunidade para transformar seus deslumbrantes *designs* de roupas em realidade. Conforme o empreendimento prosperava e sua carreira como advogada se consolidava, Alice viu-se em uma posição financeira mais confortável.

Entusiasmada com os progressos, decidiu mudar-se da comunidade para uma encantadora casa em um bairro mais privilegiado. Esse novo lar, mais espaçoso e adornado por um exuberante jardim, proporcionaria a ela e ao filho um ambiente mais acolhedor.

Essa mudança representava não somente uma transição geográfica, mas também simbolizava a ascensão e a realização de seus sonhos.

Com essa estabilidade, já podia desfrutar de luxos, como frequentar restaurantes e lojas mais refinadas. No entanto, essa mudança não alterava a sua essência. Ainda andava devagar pelo supermercado, comparando preços. Era hábito, não necessidade. Ela jamais esqueceria as aspirações daquela menina que vivia na favela, nem suas origens. Orgulhava-se das conquistas e honrava o caminho percorrido até ali.

Sentia-se grata pela decisão que tomou ao romper com Levi e buscar o aprimoramento da vida profissional. Deixar tudo para trás foi a escolha mais acertada.

Enfrentar dificuldades é inerente à vida, uma realidade que Alice compreendeu ao passar pelo fogo, descobrindo que era capaz de lidar com suas dores e medos, reconhecendo seu próprio valor. Tornou-se uma mulher forte, inteligente e determinada, capaz de equilibrar o "dar e receber". Sua independência era notável, e, por esse motivo, sentia-se pronta para – quem sabe? – abrir seu coração novamente para um relacionamento. Apesar de considerar essa possibilidade por enquanto distante, por que não?

Alice havia cumprido a promessa que fizera a si mesma, tornando-se uma advogada respeitada e desempenhando um papel significativo em projetos sociais. Transformou sua realidade ao perseguir seus sonhos e tornar-se a pessoa que sempre almejou ser.

Refletia sobre os irmãos e a mãe, lamentando por não ter conseguido alterar o destino de todos. Quando ela decidiu deixar para trás a ligação com o tráfico e se mudar da casa da sua infância, Leonardo não permitiu que ela levasse os irmãos menores consigo.

Naquele instante, o que pôde fazer foi pedir ajuda à vizinha para que ficasse de olho neles na sua ausência, e se mantinha presente sempre que possível. Os próprios irmãos, habituados a cuidar de si mesmos desde cedo, desempenharam um papel crucial quando ela decidiu seguir em frente. Alice obteve a promessa de Leonardo de que nenhum deles se envolveria com o tráfico, e ele, fiel à promessa, garantiu que continuassem frequentando a escola. Compreendia que, se o irmão tivesse permitido que levasse os menores naquela época, talvez não tivesse obtido sucesso em suas batalhas posteriores.

Sentia gratidão a ele por isso, pois, graças ao seu êxito financeiro, os irmãos estavam de volta sob sua tutela, mesmo não necessitando mais de tantos cuidados, pois estavam trilhando seus próprios caminhos na vida.

Alice nutria afeto por Leonardo Gângster, mesmo ciente de que suas escolhas poderiam levá-lo a um caminho doloroso. Sempre fazia uma prece para que ele fosse protegido em suas batalhas diárias e sua vida fosse preservada, contudo, diante das atuais circunstâncias, ela reconhecia que ele já não conseguia se afastar do mundo do crime, e temia que, inevitavelmente, algo pudesse acontecer a qualquer momento.

Em breve, completariam dois anos desde que Fernando recebera a medula de Marcelo, e as coisas seguiam bem. O garoto encontrava-se forte e saudável, prestes a ser liberado do tratamento, com acompanhamentos de rotina mais espaçados.

Para celebrar essa conquista, planejou-se uma comemoração especial em um local encantador. No primeiro ano pós-transplante, Fernando precisou evitar aglomerações e muitas visitas, seguindo rigorosos protocolos de cuidados. Depois, gradualmente, foi liberado para o convívio social.

O restaurante escolhido situava-se em uma área verde deslumbrante, proporcionando o cenário perfeito para essa ocasião significativa. Familiares, amigos do escritório, clientes especiais e outras pessoas que admiravam e torciam pela família, chegavam e se acomodavam na área reservada. Marcelo e seus pais adotivos também marcaram presença, contribuindo para uma noite repleta de alegria e gratidão à vida.

Enquanto as conversas fluíam entre os convidados, Alice se aproximou dos pais de Marcelo para expressar sua sincera gratidão pelo que fizeram por seu menino.

— Boa noite, Valéria, Carlos! Estou tão feliz por tê-los aqui nesta noite tão especial.

— Boa noite, Alice! Obrigada pelo convite. Estamos emocionados por fazer parte dessa celebração!

— Com certeza, Alice! É um momento marcante para cada um de nós. Estamos admirados com a recuperação de Fernando e felizes por compartilhar essa alegria com você!

— Marcelo tem dividido conosco muitos detalhes a respeito de vocês e o quão incríveis vocês são como pais. Não encontro palavras suficientes para expressar minha gratidão por tê-lo criado tão bem e pelo apoio que me ofereceram.

— Fizemos o melhor que pudemos por nosso filho e estamos felizes por termos ajudado você, afinal, se não tivesse entregado Marcelo, não sei o que seríamos sem ele – afirmou Valéria.

— Marcelo sempre foi um jovem incrível, e vê-lo encontrar sua família biológica e sua felicidade é um presente inestimável – completou Carlos.

— Suas palavras significam muito para mim. Toda essa jornada foi desafiadora, mas ter pessoas tão especiais como vocês fazendo parte dela tornou a nossa luta mais suave – afirmou Alice.

— Acreditamos que as coisas acontecem por um motivo, e parece que essa união de nossas famílias era destinada a trazer muita alegria a todos – ponderou Carlos.

— Sim, estamos gratos por essa oportunidade de compartilhar momentos felizes como este, e ansiosos para ver o que o futuro nos reserva! – completou Valéria.

— Eu também estou ansiosa para o que está por vir. Muito obrigada por estarem aqui e por serem uma parte tão essencial desta jornada!

— O prazer é todo nosso, Alice! Vamos aproveitar essa noite maravilhosa juntos!

— Com certeza! E que haja muitas celebrações e muitos momentos felizes para nossas famílias no futuro! Tim-tim!

A certa altura da celebração, Alice encaminhou-se ao balcão do bar para confirmar o horário do brinde. Todavia, distante, uma voz conhecida atraiu sua atenção, provocando um leve tremor em suas pernas e arrepios pelo corpo.

Parecia quase inacreditável! Ao dirigir o olhar para o outro lado do balcão, avistou Levi, que, mais deslumbrante do que nunca, emanava aquele brilho especial tão característico.

Ele discutia algo com o gerente e, ao virar-se, seus olhares se encontraram, fazendo com que o mundo ao redor desaparecesse.

— Alice?

Ele se aproximou lentamente, e uma mistura de surpresa e nostalgia percorreu o corpo da moça.

— Que bom encontrar você! – afirmou ele.

— Há quanto tempo não nos vemos! – comentou ela alegremente.

Ambos irradiaram sorrisos que pareciam lançar uma luz suave no o ambiente. Sem perceberem, deram início a um animado bate-papo, entrando em uma troca de perguntas que exploravam as complexas tramas de suas vidas, estados civis e realizações. Perceberam que ambos estavam solteiros, e Levi compartilhou com entusiasmo que o restaurante em que estavam pertencia a um amigo seu. Ele explicou que o motivo da sua presença ali era a apresentação de uma safra especial de vinho para o proprietário, evidenciando o quão especial era a seleção a ser oferecida aos clientes.

— Mas, se minha memória não me falha, o seu ramo era o comércio de chocolates e licores?

— Bem, atuamos na comercialização de bebidas em geral. Os vinhos e espumantes provêm de nossas próprias vinícolas, assim como alguns licores especiais são produzidos com frutas cultivadas em nossas propriedades.

— Interessante.

— Mas conte-me, o que te trouxe aqui?

— Estamos celebrando a recuperação de Fernando, que enfrentou um período bastante difícil.

— O que aconteceu com ele?

— Ele foi diagnosticado com leucemia, mas felizmente ficou tudo bem.

Alice prontamente convidou Levi para se juntar ao grupo, apresentando-o como um velho conhecido. Surpreendentemente, Levi aceitou o convite com entusiasmo. A moça, intrigada com sua súbita amabilidade, lembrou-se de que ele não era dado a formalidades e eventos sociais.

Contudo, ali estava ele, revelando uma faceta diferente daquela que ela recordava, o que despertou a sua curiosidade. Percebeu, então, que o tempo que passaram juntos não foi suficiente para conhecê-lo verdadeiramente, e se deu conta de que sabia muito pouco a respeito da vida dele; a única certeza era de que Levi era uma boa pessoa, pois sempre tratou a ela e ao seu filho com respeito, além de ser extremamente rico. Agora, diante dessa acolhida, percebia também sua humildade.

Conversaram longamente, brindando à saúde de Fernando e compartilhando risadas que preenchiam o ambiente com uma aura de cumplicidade. Em meio às histórias e confissões, ele revelou que costumava receber notícias dela por meio de Margarete. Acrescentou que, embora se mantivesse por perto, pronto para oferecer apoio caso ela precisasse, nunca quis ser inoportuno com sua presença.

Sorrindo com sinceridade, ele acabou confessando que já tinha conhecimento da doença de Fernando e do evento planejado para celebrar seu restabelecimento, graças à sua confidente Margarete.

— Então, sabia que estávamos aqui?

— Sim.

— E por que não foi ao hospital visitar meu menino?

— Eu fui. Fiz isso escondido para não atrapalhar você. Não queria forçar uma entrada na sua vida, principalmente depois de tanto tempo.

— E por que disse que era amigo do dono do restaurante?

— Porque ele realmente é um amigo e um cliente. Escolher este lugar foi uma coincidência do destino. Assim não precisei nem de uma desculpa para vir.

Ela sorriu, sentindo-se contente com a descoberta tão encantadora. A sintonia entre eles era perceptível e, por vezes, perdiam-se nos olhares, fazendo um esforço consciente para retomar a normalidade da conversa.

O evento desenrolava-se com esplendor, uma atmosfera de alegria contagiante envolvendo os presentes. A relação entre Fernando e Marcelo, apesar da diferença de idade, destacava-se pela cumplicidade e afinidade. Cada momento tornava-se uma peça especial na construção de uma noite verdadeiramente memorável.

Quase ao final do encontro, quando alguns convidados já se preparavam para se despedir e seguir seus caminhos, Alice, com um gesto elegante, retirou seu cartão e o entregou a Levi, selando o evento com um toque de cortesia e possíveis futuros encontros.

— Aqui estão meus contatos. Se precisar de assistência jurídica, não hesite em me chamar.

Levi, exibindo um sorriso encantador, brincou em resposta:

— Bem, então vou ter que cometer algum delito em breve. Quero ter logo a necessidade de contratar uma advogada.

Alice, surpresa e desconcertada, retrucou:

— Não precisa cometer nenhum delito. Chamar para um café parece uma ideia mais apropriada.

Levi, mantendo o tom descontraído, acrescentou:

— Que tal começarmos com um café e, quem sabe, retomar uma história que, se bem me recordo, não foi concluída de maneira adequada?

Alice fez-se de desentendida, mas seu coração acelerava. Um sorriso meio sem jeito surgiu em seu rosto, deixando no ar as possibilidades do que poderia vir a seguir. Desta vez, não fugiria. O que o futuro reservava era incerto, mas ela estava pronta para desbravá-lo.

Sabia que, à medida que avançasse em direção ao desconhecido, seria envolvida por um misto de medo e esperança. Contudo, desta vez, decidiu permitir-se sentir todas as emoções que surgissem em seu íntimo, abraçando a incerteza como uma aliada poderosa na jornada que estava prestes a iniciar rumo ao seu destino.

Compreendia que, independentemente do desfecho, aquele encontro representava um novo capítulo em sua trajetória, uma oportunidade para encerrar um ciclo que havia ficado perdido no passado.

Enquanto isso, algo grave acontecia. O televisor na sala apertada de Dona Zefa interrompeu a programação com uma vinheta urgente.

— Boa noite. Uma operação conjunta entre a Polícia Civil e o Ministério Público resultou, hoje, na prisão de Leonardo de Oliveira, conhecido como "Gângster", apontado como líder do tráfico no Morro do Sapo. O suspeito acaba de ser detido e, após a audiência de custódia, será transferido para um presídio de segurança máxima no Rio de Janeiro.

23 Vidas entrelaçadas

Cicatrizes também se reconhecem.

No silêncio da noite, o persistente toque do telefone despertou Alice e logo veio um sentimento de mau presságio. Sua intuição a respeito de chamadas noturnas carregadas de notícias sombrias foi confirmada pela voz tensa de Margarete, relatando a invasão policial ao morro, a queda do chefe e o estado grave de Leonardo Gângster.

— O que aconteceu, Margarete? Diga-me logo! – solicitou a moça com urgência.

— Desculpe-me ser portadora de más notícias, mas a polícia invadiu nossa comunidade, Alice. Derrubaram o chefe, e Leonardo está no hospital, entre a vida e a morte – respondeu Margarete com a voz tensa.

Mal esperou a amiga desligar e correu apressadamente para o hospital, seu coração aflito, pulsando um sentimento de perda irreparável. Ao chegar, precisou utilizar suas credenciais de advogada para contornar a guarda policial. Lágrimas rolaram no seu rosto ao deparar-se com um Leonardo Gângster fragilizado, distante da imponência que costumava exalar. A situação impôs uma pausa forçada em suas atividades; talvez, nessa tragédia, surgisse a oportunidade para uma mudança de rumo.

— Leonardo, o que fizeram com você? – indagou Alice ao irmão, cujos olhos se abriram, mas a gravidade de seu estado o impedia de falar.

Uma lágrima escapou, e ele sussurrou:

— Cuida dos nossos, irmã. Eu já não posso mais.

— Não diga coisas sem sentido. Você vai superar isso com certeza! – respondeu.

Depois, despediu-se dele, atendendo ao pedido da enfermeira para que se retirasse.

— É necessário que o paciente descanse – disse com delicadeza.

Alice partiu, mas antes assegurou que retornaria em breve. Ao deixar o ambiente hospitalar, dirigiu-se ao Morro do Sapo, onde ainda residiam muitos entes queridos. O cenário sombrio, marcado pela presença policial e pela atmosfera tensa, despertou uma enxurrada de pensamentos tumultuados em sua mente. Os moradores, atônitos com os recentes acontecimentos, encontravam-se envoltos pelo silêncio noturno, quebrado apenas pelo eco distante das sirenes. Tornava-se nítido que a liderança dominante do tráfico havia sido abruptamente interrompida, deixando para trás um vazio de poder e incerteza.

A presença das forças policiais provocou uma complexa gama de sentimentos entre as pessoas do local. Alguns respiravam aliviados diante da perspectiva de uma possível redução da violência. Outros nutriam temores em relação a retaliações e à instabilidade iminente.

No epicentro desse turbilhão de emoções, Alice, imersa na interseção entre lealdades familiares, responsabilidades sociais e aspirações pessoais, ficou diante de um panorama desafiador. O dilema que se delineava era monumental, e as escolhas que precisaria fazer reverberariam não apenas em sua realidade, mas também na vida daqueles que dependiam dela. As sombras da incerteza pairavam sobre o Morro do Sapo, e o futuro, anteriormente marcado pela presença firme do tráfico, tornara-se uma tela em branco, aguardando as pinceladas do destino.

— Alice, o que acontecerá agora? – perguntou Margarete, visivelmente apreensiva.

— Não estou completamente certa, mas é crucial que a comunidade mantenha sua coesão.

— Quem sabe as coisas se acalmem... – sugeriu Dona Maria.

— Não acredito nisso. Pode surgir competição pela liderança, e conflitos podem ocorrer – declarou Alice.

Os dias se passaram e, após a recuperação, Gângster enfrentou a audiência de custódia antes de ser transferido para a penitenciária. Alice não assumiu o caso, pois não era especializada em direito criminal, mas encontrou um colega competente para representar seu irmão. Ela não nutria esperanças de absolvição, mas reconhecia que a lei garantia a todos o direito à assistência legal.

Porém, algo surpreendente ocorreu durante o julgamento. Na chegada do juiz, Alice ficou hipnotizada ao ver entrar um homem idêntico a Leonardo. Era uma reprodução fiel. A réplica, o Meritíssimo Juiz Marcos Oliveira, manteve-se impassível. Alice esfregou os olhos, pensando que fosse um truque de sua mente cansada.

— O que está acontecendo aqui? – sussurrou perplexa.

O advogado de defesa, confuso, esforçava-se para compreender a situação, enquanto o juiz, em meio à confusão, viu-se obrigado a adiar a audiência para analisar a nova reviravolta e descobrir o significado daquilo.

Leonardo foi reconduzido à prisão e Alice, em busca de esclarecimentos, procurou o juiz.

— Excelência, preciso entender o que acabou de acontecer. Quem é o senhor e por que se parece tanto com meu irmão?

— Também estou tentando entender.

— Isso não pode ser uma coincidência! – observou Alice.

— Talvez não seja. Talvez tudo isso tenha uma explicação – sugeriu o juiz, ponderando a respeito da situação.

— Tem uma ideia? Me conta – pediu Alice, ansiosa por esclarecimentos.

Foi assim que Alice descobriu que Marcos era um filho adotivo, e um pressentimento a levou a suspeitar do envolvimento de Zuleide. Ela contou como entregou o seu bebê no passado e como a mulher era envolvida em adoções ilegais.

— Juiz Marcos, eu posso procurá-la para esclarecer esse caso.

— Não é perigoso lidar com essa mulher?

— Não, eu sei me cuidar.

— Tem certeza de que não quer que eu vá junto?

— Melhor não. Ela pode ficar com medo de revelar a verdade. Eu cuido disso e lhe aviso quando falar com ela.

— Certo, então vamos fazer assim: você marca com ela, mas eu envio uma escolta policial para te acompanhar, que ficará na espreita.

— Está bem. Obrigada pela preocupação.

Marcos e Alice se despediram com um abraço afetuoso, talvez influenciados pela possibilidade de serem irmãos. Ela ligou para Zuleide e disse que precisava esclarecer mais uma dúvida a respeito de Fernando. A mulher marcou uma conversa para o dia seguinte. Marcos requisitou os policiais e, bem cedo, Alice seguiu para o encontro.

Ao chegar ao local, Alice entrou. Os agentes permaneceram recuados, distantes do campo de visão. Caso o encontro tivesse acontecido na comunidade, não teria permitido a presença deles, devido à preocupação com a segurança, visto que a permanência de policiais naquele ambiente poderia representar perigo para suas vidas. Alice gozava de acesso seguro no território onde cresceu, mas, no asfalto, a presença de seus acompanhantes era uma medida de precaução, a ser tomada apenas se necessário. Quando confrontada, Zuleide surpreendeu ao revelar a verdade. De maneira amável, ofereceu até mesmo um café à mulher.

— O que me trouxe aqui não foi meu filho Fernando, mas sim uma outra dúvida sobre o meu passado: você já conhecia minha mãe? – indagou Alice.

— Por que está perguntando isso? – disparou Zuleide.

— Porque eu conheci um homem idêntico ao meu irmão Leonardo. Muito igual. E a primeira coisa que me veio à cabeça é que minha mãe poderia ter recorrido aos seus serviços em um momento de desespero.

No início, a mulher tentou negar, resistindo à pressão sutil de Alice, mas, diante da persistência da interlocutora, acabou cedendo e revelando segredos que estavam há muito tempo guardados nas sombras do silêncio. O peso do fardo oculto desvendou-se e a confissão trouxe à tona uma verdade que, até então, permanecia oculta nos recantos mais obscuros da sua consciência. O ato de revelação marcou o início de um processo de esclarecimento, destacando o quanto esses atos reverberavam nas vidas das pessoas.

— Alice, eu... Eu confesso. Ele se parece com o seu irmão porque ele é seu irmão!

— Conte-me os detalhes. Não omita nada, por favor!

— Estou contando. Esse rapaz deve ser o irmão gêmeo de Leonardo. Na época, sua mãe não teve escolha. Endividada e sem perspectivas de vida, ela não viu outra saída a não ser vender um dos recém-nascidos.

A mulher, traficante de bebês, revelou uma verdade perturbadora a respeito da trajetória trágica da família de Alice. Cada palavra de Zuleide era uma peça do quebra-cabeça, encaixando-se para formar uma imagem mais nítida de um passado sombrio e das forças que moldavam o destino dos seus.

— Então, ele é realmente nosso irmão!

— Sim! Eu o vendi, quando era um recém-nascido, para uma família rica. A sua mãe precisava de dinheiro, e pensei que estava fazendo o melhor para ele.

— E por que nunca me contou?

— Assim é o meu negócio! Faço um pacto de silêncio com as pessoas que me contratam. É preciso ser discreto nesse "ramo"! Quando entrego um bebê, as famílias seguem seu destino como se eu não existisse na vida delas. Você sabe disso, Alice!

Com um olhar vago que denotava uma consciência pesada, a criminosa prosseguia em sua narrativa, detalhando os eventos ocorridos há anos e explicando como habilmente persuadiu a mãe de Alice a vender um dos gêmeos. Por sua vez, a jovem divagava novamente a respeito das intrigantes maquinações do acaso. Era como se eles estivessem sendo manipulados por forças superiores, participando involuntariamente de um experimento cósmico, regido por alguma entidade misteriosa que tecia os fios de suas vidas ou talvez estivessem todos envolvidos em um experimento de algum cientista excêntrico.

— Sua mãe chegou a se arrepender e tentou recuperá-lo, mas os pais adotivos tinham recursos e influência. Infelizmente, ela se perdeu no caminho, afundando em vícios.

— Isso é inacreditável! Você tem noção do que fez com o nosso destino, meu e da minha mãe?

Com a revelação, Alice experimentou uma mistura intensa de emoções. Enfrentar mais um crime de Zuleide e descobrir o irmão gêmeo perdido causaram um abalo profundo. Ao ouvir a história sinistra desdobrar-se, Alice sentia uma angústia profunda, como se estivesse perante o véu que separa a realidade da ficção mais obscura. O peso das revelações parecia esmagador, mas acabou sendo uma oportunidade para compreender as amarras do passado.

O encontro entre os irmãos gêmeos, Marcos e Leonardo, foi permeado por uma atmosfera carregada de emoções. A revelação impactou não só a mente de Alice, mas também a deles, abalando toda a estrutura familiar. Sentados em uma sala, enfrentavam a nova realidade que começava a se desdobrar.

— Nunca imaginei ter um irmão gêmeo!

— É surreal! Nunca imaginei que minha história seria tão complexa!

— A descoberta afetou todos nós.

A conversa prosseguiu, com cada um compartilhando suas reflexões e sentimentos diante da revelação. Marcos, em particular, estava tomado pela culpa. Embora aguardasse a confirmação por meio de um teste de DNA, todos os indícios apontavam para a veracidade da história.

— Nem nos piores pesadelos eu imaginava ser o algoz do meu próprio irmão.

— Marcos, não é culpa sua. A culpa é da situação, das circunstâncias que nossa família enfrentou.

— Eu sei, mas ainda assim é difícil aceitar.

A conversa evoluiu para uma profunda reflexão sobre o passado, antes encoberto, que agora se desvelava. Os pesadelos frequentes de Marcos ganhavam sentido, e a história pessoal da família revelava as complexidades decorrentes da pobreza extrema.

— Nossa realidade levanta uma questão importante: a fragilidade que surge da pobreza e da ausência de educação. Leonardo, você representa uma tapeçaria complexa do convívio em sociedade, cheio de injustiças, tragédias e carência de apoio público.

— Nunca percebi como meu caminho era um reflexo de questões tão amplas!

O encontro continuou permitindo que os irmãos explorassem as camadas mais profundas de suas histórias, enfrentando, juntos, as incertezas do presente e do futuro.

Marcos estava decidido a auxiliar seu irmão e a primeira coisa que fez foi avisar Alice acerca da transferência do julgamento do processo para outro magistrado.

— Transferir o processo para um colega é o que terá de ser feito, considerando nossa relação – sugeriu Marcos.

— Estou de acordo, essa decisão assegurará a imparcialidade necessária. Quanto à pena de Leonardo por tráfico de drogas, é provável que ele enfrente uma sentença de 5 a 15 anos, dependendo das provas apresentadas. Entretanto, existem alternativas para melhorar sua situação – explicou Alice.

— Sim, certamente. Mesmo que sejam atribuídos a ele outros crimes, ainda há circunstâncias atenuantes a serem consideradas – concordou Marcos.

Como juiz irmão de Leonardo, ele se dispôs a auxiliar a irmã na explicação das diversas opções disponíveis para ajudá-lo, caso ele desejasse.

— Você acha que há alguma esperança para o Leonardo? Ele parece perdido – disse Alice.

— Claro, estou aqui para ajudar. Existem várias opções disponíveis para ele. Podemos explorar juntos a melhor abordagem.

— Quais são essas opções? Estou disposta a fazer o que for preciso para ajudar nosso irmão.

— Bem, primeiro, a reabilitação pode ser uma chance real de mudança para ele. Se ele estiver disposto a participar, podemos buscar benefícios, como a redução de pena e até a possibilidade de liberdade condicional, dependendo do seu comportamento durante o processo.

— Isso seria incrível, mas será que ele estaria realmente disposto a se reabilitar?

— Vamos conversar com ele, entender suas motivações e preocupações. A reabilitação é um processo desafiador, mas pode ser transformador se ele estiver comprometido.

— Estou disposta a apoiá-lo nesse caminho e farei o que for necessário. Quero meu irmão de volta.

— É importante, Alice. Acredito que podemos buscar o melhor caminho para o Leonardo. Vamos trabalhar juntos nisso.

Eles continuaram explorando as opções disponíveis. Elaboraram um plano para ajudar Leonardo a buscar a reabilitação e, consequentemente, uma oportunidade de mudança em sua realidade.

Resolveram também responsabilizar a mulher e sua quadrilha pelos seus crimes. Iniciaram uma investigação para evitar que situações semelhantes continuassem a acontecer nas famílias do Morro do Sapo e de regiões circunvizinhas.

— Alice, nós precisamos ir além de ajudar nosso irmão. Vamos fazer o que puder para livrar a comunidade dos crimes dessa mulher.

— Concordo, Marcos! Precisamos assegurar que a justiça seja feita não apenas para você e o Leonardo, que foram separados no nascimento, mas também que sejam punidos aqueles que ao longo dos anos vêm perpetuando esse tipo de crime.

— E não podemos parar por aí! Devemos garantir que outras mães não venham a passar por situações semelhantes à que aconteceu conosco. É hora de acabar com esse ciclo de criminalidade.

— Você está certa, Alice! Além de lidar com as consequências imediatas, precisamos trabalhar para prevenir futuros problemas. Vou mobilizar recursos para uma investigação abrangente e para implementar medidas que protejam as comunidades.

— Obrigada, Marcos! Sei que não é fácil, mas é necessário. As famílias no Morro do Sapo merecem viver em paz e em segurança.

— Estou comprometido em fazer o que estiver ao meu alcance para garantir isso, Alice. Escolhemos essa profissão porque somos comprometidos com a Justiça. É nossa responsabilidade criar um ambiente mais seguro para todos.

Assim, em meio às sombras do passado, essa família empreendeu o desafio de unir os cacos e reconstruir suas trajetórias. Antes perdidos na encruzilhada entre o passado e o futuro, entre a escuridão e a luz, agora contemplavam uma chama de esperança, uma oportunidade de transformação e redenção. Decidiram escrever juntos um novo capítulo em suas vidas, no qual as páginas em branco estavam esperando para serem preenchidas com compreensão e perdão mútuos. Os obstáculos que enfrentassem dali para frente seriam uma oportunidade de fortalecer os laços que os uniam e de construir um futuro mais promissor para si mesmos e para as gerações futuras.

O passado que se descortinou fez emergir em Marcos sentimentos que ele nunca experimentara antes. Não seria possível seguir adiante sem escavar algumas informações. Além de Alice e Leonardo, descobriu que tinha outros irmãos. Pediu a Alice que marcasse uma visita. Naquele momento, acharam melhor não contar nada a eles. Alice o apresentou como um amigo. Afinal, já tinham problemas demais para administrar.

Mesmo sem revelar a verdade, o encontro com os outros irmãos foi emcionante para Marcos. Ficou todo mundo sem entender o motivo das lágrimas do famoso juiz. Até acharam graça da situação. Ficaram ainda mais intrigados quando Alice informou que ele havia deixado uma "graninha" para incrementar as compras do mês.

RENASCIMENTO

DA LAMA, FIZ ALICERCE.
DO ABANDONO, CONSTRUÍ FORTALEZA.
MINHAS CICATRIZES SÃO MAPAS
DE BATALHAS QUE NÃO ESCOLHI LUTAR
MAS DAS QUAIS SAÍ VENCEDORA.
CARREGUEI FARDOS QUE NÃO ERAM MEUS,
SUPORTEI OLHARES QUE ME DIMINUÍAM,
ENGOLI PALAVRAS QUE ME FERIAM.
MAS NUNCA, JAMAIS,
DEIXEI DE ACREDITAR NO AMANHÃ.
SOU MULHER-SEMENTE,
PLANTADA EM SOLO HOSTIL,
FLORESCENDO CONTRA TODAS AS PROBABILIDADES.
MINHAS RAÍZES SE ESPALHAM,
ALCANÇAM OUTRAS MULHERES COMO EU.
JUNTAS, SOMOS JARDIM
ONDE ANTES ERA DESERTO.
NOSSOS FILHOS CRESCERÃO À SOMBRA
DAS ÁRVORES QUE PLANTAMOS HOJE
COM LÁGRIMAS, SUOR E ESPERANÇA.

24 A fuga orquestrada

Ninguém foge sem deixar sombra

Condenado a 24 anos de reclusão por liderar uma das maiores redes de tráfico da região, Leonardo de Oliveira, conhecido como "Gângster", foi transferido para um presídio de segurança máxima na Zona Oeste do Rio de Janeiro. As grades frias agora eram seu horizonte. O eco dos passos era a nova trilha sonora. Todavia, em meio a esse ambiente sombrio e hostil, uma notícia surpreendente fez ecoar nos confins do submundo que ele julgava conhecer tão bem. Na cela silenciosa, Leo encarava o teto. Talvez fosse o fim. Talvez só mais uma curva na estrada torta que escolheu.

— Você é o famoso Gângster, não é? – perguntou um detento.

— Sim, sou eu.

— Ouvi dizer que a sua chegada vai mudar as coisas por aqui.

— Por qual motivo?

— Dizem por aí que você tem uma conexão especial aqui dentro, isso é verdade?

— Não sei do que está falando, mas esse assunto me interessou – afirmou Leo.

Na cela silenciosa, o temido traficante encarava o teto. Talvez fosse o fim. Talvez só mais uma curva na estrada torta que escolheu.

Enquanto isso, nos corredores escuros, a notícia se espalhava como um rastilho de pólvora, chegando aos ouvidos de outros detentos que buscavam desvendar o mistério. A curiosidade misturada com uma dose de temor tornou-se palpável na atmosfera tensionada da prisão.

— Ouviram falar do Gângster? Parece que ele trouxe algo inesperado para cá.

— O que poderia ser tão surpreendente? Estamos todos presos aqui e qual é a surpresa?

Enquanto isso, Leonardo buscava informações com outros detentos sobre o tema.

— Preciso saber o que está acontecendo. Vocês têm informações concretas?

— Ainda não sabemos o que é, mas acho que você sabe.

— Eu não sei de nada! Se soubesse não estaria perguntando, ora!

A revelação se desdobrou de maneira verdadeiramente extraordinária, uma vez que ninguém conseguiu desvendar plenamente o que se ocultava nas sombras enigmáticas. Em um dia determinado, o respeitável diretor da penitenciária percorreu majestosamente o corredor, atraindo a atenção de todos que, ansiosos, se aglomeraram junto às grades para desvendar a razão de sua ilustre visita.

A surpresa permeou o ambiente quando, de forma inesperada, ele ordenou a abertura da cela de Gângster e adentrou aquele espaço confinado. O véu do mistério ocultou as palavras trocadas entre eles, mas a responsabilidade recaiu sobre o colega de cela de Leo, que se incumbiu de disseminar a narrativa de que o diretor, na verdade, estava estendendo as boas-vindas ao líder do morro. Este se revelou como o, até então, misterioso chefão, em torno do qual circulavam diversas narrativas e lendas intrigantes.

— Vocês acreditam que o chefão aqui comanda o Morro do Sapo?

— Sério? Isso é louco, cara! Nunca pensei algo assim. E o Gavião Malhado?

— Sempre soube que ele não era o "cabeça"!

— Isso é bom para Gângster, certo? Ele tá protegido e terá privilégios, né?

— Parece que sim. Sendo o chefe do morro, seus rivais não vão ousar mexer com ele.

A notícia de impacto reverberava pelos recantos do submundo, e Leonardo começava a vislumbrar que sua estada na prisão não se limitava a ser só mais um capítulo na complexa narrativa de sua trajetória criminosa. A adaptação à nova realidade carcerária revelava-se uma empreitada árdua, e uma reviravolta adicionaria uma camada de imprevisibilidade singular à sua estadia reclusa.

Algumas semanas haviam transcorrido desde o instante em que Leonardo tomou conhecimento dos segredos enigmáticos que envolviam o "dono" misterioso do Morro do Sapo. Contudo, o destino, impiedoso em sua tessitura, lançou sua trama inevitável, ceifando a vida daquele homem em um trágico acidente automobilístico. Esse desfecho funesto não somente deixou um vácuo de poder nas rédeas da comunidade, mas também reverberou pelos corredores sombrios do presídio, onde líderes de diversas facções, outrora influenciados por ele, agora se viam órfãos de comando.

A notícia correu como faca. No morro, todos sabiam: o chefe caiu. E outro estava pronto pra subir. Essa chance de ouro, assemelhando-se a um artefato precioso, trazia consigo o poder de reconfigurar o enredo de sua saga criminosa: assumir o domínio territorial, assegurar a ordem na região e atingir o ápice do poder. Essa perspectiva incitou sua ambição, e o desafio colossal de dominar o espaço e manter a estabilidade não era simplesmente uma jornada, mas, sim, uma epopeia capaz de redesenhar os destinos intrincados no complexo tecido do crime que permeava o submundo carioca.

— Pessoal, a situação mudou! O dono do morro não tá mais entre nós. Chegou a minha hora de brilhar.

— Caramba, Leo, você vai assumir o controle do morro?

— Com certeza! Eles estão precisando de alguém forte no comando, e esse alguém sou eu!

Nos bastidores, alheios aos acontecimentos, Alice e Marcos empenhavam-se incansavelmente em alterar o curso da vida de Leo. Com profundo conhecimento das leis e compreensão do sistema penitenciário, Alice sabia que, se houvesse disposição, existiam alternativas à realidade do crime.

— Marcos, precisamos ajudar o Leo. Ele tem potencial para mudar!

— Concordo, Alice. A reabilitação é possível se ele estiver disposto a aceitar.

— Vou tentar conversar com ele. Sei que ele está imerso nesse mundo, mas talvez haja uma fresta por onde possamos guiá-lo para fora desse caminho.

No entanto, as tentativas de reabilitação esbarravam na teimosia e na ambição desenfreada do jovem. Para ele, era tarde demais para desviar do caminho que escolhera. A liderança local estava em jogo, e o vácuo de poder ameaçava atrair a atenção de rivais sedentos por conquistas.

Em meio a diálogos tensos e tentativas frustradas de persuasão, Alice e seu irmão viam-se confrontados com a determinação inflexível de Leo. A pressão das circunstâncias, somada à oportunidade que se apresentava, levou-o a tomar uma decisão que mudaria os rumos do morro e de sua própria existência.

Em uma visita na prisão, Alice fez a última tentativa:

— Leo, eu sei que a sua situação é difícil, mas precisamos encontrar um jeito de tirar você desse ciclo de violência!

— Não vejo saída, Alice. Estou metido nisso até a raiz do cabelo e o morro precisa de alguém forte no comando.

— Você precisa tentar, irmão!

— Alice, é muito tarde. Siga o seu caminho e nunca se esqueça o quanto te amo. Foi muito bom o Marcos aparecer na sua vida. Eu não posso ser o irmão que deseja, mas ele é.

Alice partiu, carregando o peso das palavras do irmão em seu coração entristecido, temendo que aquela despedida pudesse ser o prelúdio de um adeus definitivo. A sensação de que talvez não voltasse a vê-lo novamente pairava no ar, impondo uma melancolia que contrastava com o cenário prisional.

Enquanto isso, Leo, astuto e destemido, desvendava os segredos para manter seu poder nas sombras da prisão. Seus dias eram permeados por encontros clandestinos, informações trocadas em sussurros e formação de novas alianças.

Dentro das frias paredes do presídio, ele reencontrou não só antigos e leais soldados, como Paulo Francisco, conhecido como Tico, e Ricardo Moreira, o Torresmo, mas também inimigos que o desafiavam no perigoso jogo de poder. Cada movimento, cada palavra trocada, representava uma peça em seu tabuleiro, e a astúcia era sua maior aliada na busca pela manutenção do controle dentro e fora da penitenciária.

— Tico, Torresmo... precisamos ficar mais unidos do que nunca para sobrevivermos aqui e manter o controle lá fora.

— Leo, sempre soube que você daria um jeito.

— Conte com a gente! – afirmou Tico.

— Estou contando com vocês para pôr em prática os planos e manter o controle do negócio.

Num desses encontros, enquanto os corredores sombrios da prisão testemunhavam murmúrios e conspirações, Leo foi abordado por Carlos e Pavão, dupla influente cuja sombra pairava sobre os destinos dos detentos. A atmosfera impregnada de tensão era o cenário perfeito para negociações obscuras, e Leo, conhecido não apenas por sua posição à frente da facção, mas também por sua habilidade estratégica notável, mesmo já tendo formado sua própria escolta, decidiu ouvir a proposta que estava por vir.

— Leo, sabemos que aqui dentro as alianças são cruciais. Nós temos recursos, proteção e uma rede de contatos extensa. Podemos ser um trunfo valioso para você – propôs Carlos, cujo olhar denotava a sagacidade de quem tinha muito a oferecer.

Pavão, um homem de poucas palavras, complementou:

— Não subestimamos sua astúcia, Leo. Sabemos que você é um estrategista notável, mas até os melhores jogadores precisam de aliados poderosos.

Leo, com sua expressão impassível, ponderou sobre as palavras dos dois interlocutores. O jogo de poder dentro da prisão era complexo, e ele compreendia que a capacidade de formar alianças poderia ser decisiva para sua sobrevivência e domínio no ambiente hostil.

— Entendo a importância das alianças, mas o que vocês esperam em troca? – questionou Leo, revelando seu ceticismo cauteloso.

Carlos sorriu, reconhecendo a perspicácia do líder da facção. A negociação estava prestes a se desdobrar em uma trama arriscada, na qual cada palavra pronunciada poderia alterar o curso dos acontecimentos na prisão.

— Leo, podemos lhe oferecer proteção, mas precisamos de algo em troca – disse Carlos.

— E o que vocês precisam em troca?

— Aqui dentro somos fortes, mas precisamos de algo de fora. E isso sabemos que você pode nos arranjar.

— Ok. O que vocês precisam?

— Matar alguém fora desses muros – afirmou Pavão.

— Se não for alguém que prezo, negócio fechado.

Assim, Leo Gângster foi se fortalecendo dia após dia. Perspicaz, durante uma conversa trivial no banho de sol, forjou a aliança mais crucial para garantir seu bem-estar. Com habilidade para ler as entrelinhas, Leo cultivou uma amizade sólida, iniciando-a com gestos de cortesia e presentes, sem exigir nada em troca num primeiro momento.

Com o passar do tempo, essas ações solidificaram vínculos profundos, convertendo a relação em uma parceria mutuamente benéfica. Por uma boa compensação, todas as necessidades de Leo eram prontamente atendidas. Era o reinado absoluto da corrupção.

Dessa maneira, ele detinha conhecimento a respeito de todos os acontecimentos na prisão, desde os movimentos dos rivais até, é claro, as atividades da polícia. Seu domínio crescia e sua ascensão se consolidava, fortalecendo-se a cada novo dia na imprevisível dinâmica prisional.

A atmosfera na prisão estava saturada de tensão quando surgiu uma figura imponente entre os detentos. André Manco, com sua presença marcante, destacava-se pelo vigor físico, destemor e habilidades excepcionais em luta e no manejo de facas. Seu ingresso na prisão não passou despercebido, e logo sua reputação como uma força formidável se espalhou pelos corredores sombrios.

O olhar afiado de Leo Gângster capturou a chegada de Manco, e uma ideia audaciosa começou a se formar em sua mente estratégica. A oportunidade de eliminar o líder rival, conhecido como Nego, chefe do Morro do Curupira, e o gerente externo Azul. Ele sabia que o grupo estava planejando invadir o Sapo e ele não iria permitir que isso acontecesse.

Entretanto, para concretizar essa ousada empreitada, Leo compreendia a necessidade de uma estratégia infalível. A conspiração nos corredores da prisão ganhava corpo à medida que ele tecia os detalhes de seu arrojado plano. Tudo era meticulosamente calculado.

Ao tirar proveito da facilidade de comunicação proporcionada por Samuel, o jovem recebeu informações cruciais que o impulsionaram a agir com ainda mais determinação. Descobriu que Nego, além de ser uma ameaça ao seu controle no Morro do Sapo, estava, na verdade, tramando sua queda e planejando sua morte para assumir o comando. Ciente da urgência da situação, Leo percebeu que precisava agir com rapidez e sagacidade para neutralizar essa ameaça iminente.

— Leo, cuide de sua segurança. Estão tramando contra a sua vida – afirmou o guarda prisional.

— Fique tranquilo que estou cuidando da retaguarda.

— Você precisa mostrar sua força.

— Vou enviar um recado à minha maneira, afinal, o nome Gângster não surgiu do nada, você não acha?

Durante o horário da refeição, um prisioneiro rival, em um ato de desafio, tentou intimidar Leo, lançando ameaças diretas:

— Leo, você não vai durar muito aqui. Vamos invadir o seu território e pôr fim ao seu reinado.

Com uma tranquilidade surpreendente, Leo respondeu, manten do sua postura desafiadora:

— Não subestime essa raposa que vos fala, mano. Meu reinado está longe de chegar ao fim.

Ao longo de dias meticulosos, Leo orquestrou a infiltração de um espião entre seus inimigos, garantindo informações precisas sobre os passos de Nego e seus comparsas. Um dos seus homens, corajosamente, permitiu-se ser capturado e trazido para a penitenciária, assumindo a arriscada missão de agente infiltrado. Claro que o preço pelo sucesso do plano foi alto, mas, no final, Leo conquistou o que almejava.

O infiltrado, cuidadosamente, passava as informações para Samuel, o confidente de Leo. Cada detalhe, cada movimento do rival, era minuciosamente registrado e transmitido. Samuel, por sua vez, habilmente fazia chegar esses dados a Leo, que munido dessa preciosa inteligência começou a arquitetar um plano de ataque. Cada peça estava sendo posicionada com precisão cirúrgica, como num pragmático jogo de xadrez.

Sob as ordens imperativas de Leo, seus fiéis soldados, portando armas letais, embarcaram na missão. No exato instante em que invadiam o Morro do Curupira, Samuel abriu as portas de algumas celas, iniciando operação minuciosamente planejada por Leo, tanto fora quanto dentro do cárcere. As sombras da prisão tornaram-se testemunhas de momentos de intensa tensão e violência, enquanto o eco das vozes reverberava pelos corredores gélidos da penitenciária. O ambiente, impregnado de adrenalina, pulsava com a expectativa do desfecho dessa ousada empreitada.

— Estamos com você, Leo, até o fim!

— Vamos mostrar a eles quem manda aqui dentro!

— Pela honra do Sapo! Pela honra de Leo!

A atmosfera na prisão metamorfoseou-se em um verdadeiro campo de batalha. O som metálico de facas, garfos e qualquer objeto que pudesse ser utilizado como arma reverberava pelos corredores, criando uma sinfonia caótica. Detentos também atearam fogo em colchões, agravando o cenário de caos. O número de vítimas crescia à medida que os soldados de Leo avançavam, conquistando o controle do território rival. Nessa carnificina, Nego, o chefe do Morro do Curupira, não encontrou uma rota de fuga. Foi abatido conforme Leo planejara, e xeque-mate!

No auge da anarquia que tomou conta da prisão, chegou o momento de executar a segunda fase do plano: a fuga da cadeia. Demonstrando sua astúcia habitual, Leo aproveitou-se do caos reinante. Durante a confusão, trocou suas vestes com o guarda Samuel, neutralizou o parceiro para ocultar qualquer indício de colaboração e, sob a fachada de tentar conter os detentos agindo nas sombras dos corredores, encontrou sua rota de escape.

No canto da cela, Leo ajoelhou-se em silêncio. Com movimentos calculados, estendeu o velho colchão no chão e começou a enrolá-lo com a precisão de um cirurgião. Cada dobra, cada puxão, era meticulosamente pensado. Por dentro, prendia a respiração – a única pista de que ainda havia um homem ali.

Minutos depois, dois detentos empurraram o volume retorcido pelo corredor estreito. "Transferência para incineração", disseram. Ninguém questionou. O colchão seguiu, sem pressa, cruzando portões de ferro, luzes frias e olhares distraídos.

Abaixo da ala leste, uma escotilha rangia pela primeira vez em décadas. Um túnel úmido e escuro esperava. Quando os cúmplices desfizeram a amarração, Leo emergiu em silêncio, os olhos firmes, cobertos de suor e poeira. Já não era mais um preso – era um fantasma que passara pelos olhos de todos.

O fictício desfecho de Leo, alimentado pela falsa notícia de sua morte no incêndio, proporcionou-lhe uma fuga discreta e eficaz. Essa artimanha ofereceu a ele oportunidade de recomeçar longe do alcance da justiça. Enquanto sua família permanecia segura, distante do turbilhão de sua vida criminosa, Leo delineava um novo destino para si além das fronteiras nacionais, comandando tudo das sombras, assim como seu antecessor.

Ele enfrentava, porém, uma batalha interna árdua à medida que o tempo avançava, vendo-se envolto pelo poder e dinheiro que conquistara e a saudade da família, em especial de sua irmã Alice. Porém, por questões de segurança, precisava manter a meticulosa fachada de sua nova identidade.

A Justiça precisava continuar acreditando que ele havia morrido. Isso era particularmente crucial para seu irmão gêmeo, um juiz respeitado, cuja reputação poderia ser manchada pelo seu passado criminoso. O risco de prejudicar aqueles que amava era algo que o assombrava constantemente, alimentando seu conflito interno.

Cada passo que dava em direção ao poder e à influência afastava-o ainda mais do caloroso abraço daqueles que mais amava. Apesar de todo esse conflito emocional que enfrentava, não podia desistir da esperança de um dia reconstruir os laços que havia desfeito. Quem sabe um dia, de alguma forma, encontraria o caminho de volta para casa.

25

A sombra das adoções ilegais

Quando a justiça sangra em silêncio.

No submundo das atividades ilegais, Zuleide e sua perigosa quadrilha de adoções clandestinas persistem em urdir sua rede obscura de crimes, alimentando assim um esquema que se mantém há anos à custa da dor alheia.

Marcos, agora juiz, jurou que ninguém mais passaria pelo que ele viveu. Não enquanto tivesse voz. Em meio a uma investigação incisiva, as autoridades depararam-se com pistas que lançariam Zuleide e sua perigosa quadrilha nas garras da justiça. O foco da averiguação centrava-se em um abrigo aparentemente benevolente, cujas práticas ilícitas estavam habilmente ocultas nas sombras. Alice foi peça fundamental ao compartilhar minuciosamente todas as informações que possuía, incluindo sua própria história e de seu filho Marcelo, bem como a sinistra entrega de Marcos, por sua mãe, às mãos dessa mulher impiedosa.

A detetive Laura Albuquerque, encarregada da investigação, empenhou-se intensamente na missão de desvendar os segredos ocultos por trás dessas adoções, valendo-se de sua vasta experiência e de seu aguçado instinto. Cada revelação descoberta pela detetive era meticulosamente documentada e, em seguida, compartilhada com o delegado encarregado. Este, por sua vez, mantinha o Juiz Marcos totalmente atualizado a respeito de todos os detalhes do desdobramento da operação.

Laura era boa no que fazia. Mas nunca vira tanta podridão escondida sob tanto verniz. Com a desculpa de que estaria pensando em entregar para adoção o seu "bebê" que estava a caminho, ganhou a confiança da mulher e do submundo das adoções ilegais, o que a conduziu a um abrigo com aparente fachada benevolente, mas que, na verdade, escondia um histórico obscuro de atividades ilícitas. Nessa etapa crucial da investigação, Laura, liderando a empreitada com sua vasta experiência e perspicácia, mergulhou nos meandros de documentos forjados e testemunhos obtidos, com considerável dificuldade, de indivíduos relutantes.

Os detalhes revelados dessa investigação expuseram Zuleide como uma peça-chave no esquema de tráfico de crianças, falsificação de documentos e suborno de funcionários públicos colaboradores. No entanto, ela não era a mente por trás da operação. Descobrir o envolvimento de líderes espirituais conceituados e até mesmo do sistema judiciário foi perturbador.

Laura, plenamente ciente da extrema sensibilidade do caso em questão, dedicou-se minuciosamente a assegurar que cada ligação dessa corrente criminosa fosse desarticulada. Sua abordagem meticulosa e comprometida refletia a importância de desvendar todos os aspectos dessa trama delituosa, evidenciando sua determinação em buscar a verdade e garantir justiça.

No ponto crucial da investigação, Laura tomou a decisão de realizar uma visita surpresa à instituição suspeita, administrada por uma denominação religiosa. Solicitou um mandado, o qual foi prontamente concedido por Marcos. Ao adentrar os corredores do abrigo, pôde sentir a atmosfera tensa e o medo que permeava o ambiente, causado pela surpresa do momento, sendo manifestado nos olhares cautelosos e apreensivos dos funcionários.

— Bom dia. Sou a Detetive Laura e tenho um mandado de busca para investigar esta instituição.

A presença imponente da autoridade policial gerou um pesado silêncio, quebrado pelo eco dos passos firmes dos policiais. Laura comandou sua equipe de modo assertivo, orientando-os a confiscar computadores e documentos, abrangendo desde os mais recentes até os mais antigos arquivos.

— Não deixem nada passar despercebido. Quero cada pedaço de informação relacionada a adoções.

O tumulto era evidente, e a diretora da instituição foi convocada às pressas, tentando, em vão, conter a ação com argumentos nervosos e súplicas desesperadas.

A tensão no ar era palpável, enquanto a equipe policial se dedicava meticulosamente à coleta de evidências.

Os funcionários, agora em estado de desconcerto, observavam com olhares temerosos, cientes de que o desenrolar daquela operação impactaria diretamente em suas vidas e no futuro da instituição.

— O que está acontecendo? Sou Arlene a responsável pelo abrigo e não fui informada sobre nenhuma investigação.

— Sra. Arlene, lamento informar que a sua falta de conhecimento sobre o assunto não desqualifica as graves alegações de atividades ilegais relacionadas a adoções neste abrigo. Estou presente para esclarecer essas acusações.

— Não há nada de ilegal acontecendo aqui. Seguimos todas as regras e regulamentos – afirmou a diretora.

— Veremos. Minha equipe vai realizar uma busca completa. Computadores, documentos, tudo será verificado, do mais novo ao mais antigo.

A diretora insistia em interromper o procedimento.

— Você não pode fazer isso. Temos direitos! Já chamei nosso advogado.

— Pode chamá-lo, afinal, é seu direito. Contudo, ele não tem autoridade para se opor a uma ordem judicial. E, como você mesma afirmou, as coisas estão dentro da legalidade; portanto, não entendo qual é o problema.

O impacto da diligência de Laura, respaldada pelo mandado legal, foi avassalador na operação suspeita do orfanato. Os corredores, outrora silenciosos, agora ecoavam com a busca por verdades ocultas, enquanto a investigação envolvendo Zuleide e sua quadrilha de adoções ilegais desencadeava repercussões significativas. O desfecho dessa ação culminou não só na sua prisão, mas também do advogado, de dois políticos conhecidos, do diretor de clínicas públicas em algumas periferias e de funcionários de um hospital, totalizando mais de 50 pessoas envolvidas no esquema criminoso. A complexidade do caso desdobrou-se em razão da amplitude da rede de corrupção que se revelou.

A ação policial não só desvendou o destino de várias crianças enviadas para o exterior, mas também proporcionou o tão esperado reencontro de diversas famílias que foram vítimas dessa quadrilha nefasta. A justiça, enfim, foi feita, encerrando mais um triste capítulo na história do lar de Alice, já marcado por tantas tragédias.

Entretanto, mesmo com a resolução desse capítulo sombrio, os desafios não cessavam. A luta pela reconstrução das vidas das crianças afetadas pelo esquema ilegal de adoção era árdua e complexa. Muitas delas, agora reunidas com suas famílias biológicas, enfrentavam o desafio de curar as feridas emocionais causadas pela separação. Além disso, as próprias famílias biológicas precisavam se adaptar à presença dos filhos, que já estavam habituados a suas novas vidas.

Para esses casos, a presença de um profissional é fundamental para cuidar da saúde mental dos envolvidos. O processo de cura e adaptação exige paciência, compreensão e orientação para superar os traumas vividos e reconstruir os laços familiares de forma saudável.

Além disso, o sistema legal e assistencial precisa garantir recursos e suporte adequados para as famílias e as crianças afetadas, assegurando que tenham acesso aos serviços necessários para sua recuperação e integração social.

Enquanto isso, nos corredores do sistema judiciário, o processo contra os culpados desenrolava-se lentamente, com promotores e advogados trabalhando incansavelmente para garantir que os envolvidos enfrentassem as consequências de seus atos. O clamor por justiça ecoava não só nos tribunais, mas também nas ruas, onde a comunidade protestava por um desfecho que trouxesse paz e segurança.

Era isso que o desmantelamento da quadrilha representava. Paz e segurança para todas as vítimas que tiveram suas vidas devastadas por aquele esquema criminoso.

Dona Zefa viu a movimentação dos carros pretos e as crianças com olhos grandes. Ninguém olhava pra cima, mas ela via tudo. Já tinha visto crianças sumirem assim antes. Quando voltou à cadeira, acendeu uma vela. Não era por fé – era pra que alguém, em algum lugar, fizesse luz no caminho daquelas almas pequenas.

JORNAL DA MANHÃ - EDIÇÃO ESPECIAL

Polícia desarticula esquema nacional de adoções ilegais

POR HELENA MARTINS
Repórter investigativa

Em uma das maiores ações já realizadas contra o tráfico de crianças no país, a Polícia Civil e o Ministério Público deflagraram ontem a operação Laços Perdidos, desarticulando uma rede de adoções ilegais com ramificações em diversos estados.

A quadrilha, chefiada por Zuleide Lins, utilizava abrigos ligados a instituições religiosas para mascarar a transferência irregular de menores, principalmente para o exterior. Mais de cinquenta pessoas foram presas, entre elas dois deputados estaduais, um diretor de hospital público e um advogado que intermediava os processos forjados.

A investigação contou com o trabalho sigiloso da detetive Laura Albuquerque, que atuou infiltrada por quase um ano e obteve provas cruciais do esquema. O epicentro da operação foi um abrigo no interior, onde documentos adulterados, subornos e registros falsificados eram usados para legitimar as adoções clandestinas.

O juiz Marcos Viana, que autorizou os mandados com celeridade, destacou a gravidade do caso e a urgência de ações firmes por parte do Judiciário. "Estamos diante de uma estrutura criminosa que violou direitos fundamentais e destruiu famílias inteiras. A resposta do Estado precisa ser contundente", declarou. Durante a ação, algumas crianças foram localizadas e devolvidas às famílias biológicas. Especialistas alertam que, embora os reencontros sejam emocionantes, o processo de reconstrução será longo e exigirá suporte psicológico permanente.

O Ministério da Cidadania anunciou medidas emergenciais para reavaliar os procedimentos de adoção e reforçar os mecanismos de fiscalização. Entidades civis também iniciaram campanhas de apoio às vítimas, oferecendo acolhimento, suporte jurídico e acompanhamento terapêutico.

O caso reacende o debate sobre a transparência nos processos de adoção no Brasil e a necessidade de políticas públicas eficazes para proteger a infância. A história de Alice, entre tantas outras, revela um sistema vulnerável - e a urgência de transformá-lo.

26 Amor sem fronteira

Laços que desafiam sobrenome.

O reencontro de Levi e Alice naquele restaurante desdobrou-se como o prelúdio de uma história extraordinariamente rica, repleta de encontros significativos, desafios superados e, sobretudo, um amor que se reinventou ao longo do tempo.

Sentados em uma mesa aconchegante, olhavam nos olhos um do outro, trocando sorrisos que traduziam o reconhecimento da jornada que percorreram juntos.

Levi, segurando a taça de vinho, quebrou o silêncio nostálgico que pairava sobre eles.

— Alice, lembra da primeira vez que nos encontramos neste mesmo lugar?

Alice assentiu com a expressão iluminada pela feliz lembrança.

— Parece uma eternidade, não é?

— Sim, parece que foi em outra vida – respondeu Alice, com um riso suave. Mas aqui estamos, mais fortes do que nunca.

Ao rememorar os capítulos passados de suas vidas, perceberam que as experiências moldaram não apenas quem eram individualmente, mas também como casal, transformando-se na essência de um relacionamento cada vez mais profundo e significativo.

Levi passou a mão pelos cabelos, pensativo.

— Os desafios transformam as pessoas, tornando-as mais resilientes, não acha?

Alice concordou, sorrindo, e ele completou:

— E você, minha amada, é a pessoa mais resiliente que já conheci na vida, além de linda!

A maturidade que o tempo lhes concedeu permitiu que vissem as complexidades da vida com uma perspectiva mais clara e apreciativa. Os desafios enfrentados, tanto separados quanto juntos, tornaram-se alicerces para fundamentar uma relação que resistiu às adversidades e também floresceu em meio a elas.

Enquanto saboreavam o jantar, Levi aproveitou para rememorar um dos momentos mais difíceis que enfrentaram.

— Lembra daquele evento no iate, Alice, quando você caiu no mar e quase morreu?

Alice assentiu, segurando a mão de Levi.

— Naquele dia eu pensei que tinha chegado o meu fim. Mas, como sempre, você agiu rápido e me salvou.

As lembranças daquele acidente no barco transmutaram-se para Alice, tornando-se uma doce recordação do carinho e cuidado que Levi sempre demonstrara por ela. Sentia também uma gratidão profunda em relação ao Deus que, em sua percepção, parecia ter sido, por muito tempo, um adversário em sua caminhada, mas, naquele momento, percebia uma reconciliação divina, uma sensação reconfortante de que as hostilidades tinham dado lugar a uma benevolência há muito esperada.

A memória daquele instante permanecia viva na mente de Alice, como se tivesse sido pintada com tintas vívidas na tela da sua consciência. O momento em que perdeu o equilíbrio no convés, a sensação de queda livre antes de ser envolvida pelas águas gélidas, tudo ecoava como uma obra de arte viva em suas recordações. A consciência escorrendo devagar, como a maré recuante, a mente sendo esvaziada completamente em meio às sombras aquáticas.

Quase desfalecida, Alice entrou numa zona completamente desconhecida, uma espécie de limiar onírico no qual a realidade se confundia com a fantasia. Era como se estivesse mergulhando em um sonho, onde, em uma visão etérea, Levi a envolvia nos braços. Sua presença manifestava-se como um farol de segurança na escuridão líquida que a envolvia, proporcionando um refúgio de conforto e serenidade em meio ao caos daquelas águas turbulentas. Cada detalhe, cada matiz da experiência, era como uma tapeçaria de sensações entrelaçadas, imortalizada na trama da sua memória.

No limiar entre o consciente e o subconsciente, Alice experimentava um surrealismo aquático, em que as leis da física pareciam ceder à poesia das profundezas.

As correntezas da memória misturavam-se com as correntes do oceano, e cada pensamento era como uma concha, contendo ecos do passado.

Em meio a essa dança fluida de recordações, Alice sentia-se guiada por uma presença que transcendia a materialidade. Levi, figura etérea, era mais do que uma lembrança; era um espectro de conforto em um reino de transição. Seus braços, ainda que imaginários, eram âncoras que a sustentavam na penumbra fluida, proporcionando-lhe um abraço que desafiava a efemeridade do momento.

As águas turbulentas da experiência transformavam-se em um calmo lago de introspecção, refletindo a jornada única que enfrentara. A profundidade desse mergulho transcendental era como um poema líquido, com versos que ecoavam nos recantos mais íntimos de sua alma. As sombras aquáticas, antes ameaçadoras, transformavam-se em aquarelas de serenidade, delineando um quadro surreal no caleidoscópio de sua mente.

Horas após o despertar no hospital, Alice emergiu do silêncio das águas profundas, um renascimento delineado por fios delicados entre a vida e a possível despedida. O toque das mãos de Levi, antes um último adeus, transformou-se na âncora que a resgatou das profundezas da inconsciência. Os braços que, num mergulho poético, eram como as cordas de uma harpa vibravam agora como a segurança que a puxava de volta à superfície da consciência. O calor do abraço dissipou a lembrança da frieza das águas, e a vida, que por um instante pairou no limiar da incerteza, pulsava agora em cada batida rítmica de seu coração.

No momento em que Alice se reconectava com a realidade, as memórias também reverberavam na mente de Levi. Eram como páginas amareladas de um livro intenso, em que as palavras e emoções se mantinham vívidas, imortais. O desespero que o consumiu naquele dia fatídico ecoava como uma sinfonia de aflição, quando acreditou ter perdido irremediavelmente seu grande amor para as profundezas majestosas e imponentes do oceano.

No silêncio da sala, Levi, sentado à mesa, deixou escapar um suspiro profundo, como se estivesse vivendo aquele momento doloroso diante de seus olhos novamente. As sombras do passado dançavam em sua expressão pesarosa. Alice, atenta às marcas do sofrimento em seu amado, segurou delicadamente sua mão. Nesse gesto suave, ela transmitia não somente compaixão, mas também a certeza de que a vida, por mais efêmera que possa parecer, continuava a pulsar entre eles, entrelaçando seus destinos de maneira indissolúvel.

— Eu estou aqui, querido. Sã e salva graças a você.

— Sim, está. Mas ainda me lembro da agitação no barco, dos gritos da tripulação e dos nossos convidados até hoje.

Levi balançava a cabeça lentamente, como se estivesse imerso nas sombras do passado. Seus olhos, perdidos na distância das recordações, refletiam uma intensidade de sentimentos.

— Foram os momentos mais assustadores que vivi na vida – murmurou ele, com a voz carregada de uma emoção profunda. O medo de perder a amada foi o maior e mais aterrador dos sentimentos.

Alice, ao lado dele, sentia o eco daquelas palavras ressoar em seu coração. As memórias do perigo iminente e da incerteza haviam moldado a trajetória deles, transformando o temor em uma força que consolidou os laços do amor que compartilhavam.

O casal persistiu, entrelaçando delicadamente as narrativas de suas vidas, adentrando as complexidades refinadas da resiliência que os unia cada vez mais profundamente. À medida que se entregavam a essas histórias, o contorno do restaurante ao redor deles desvanecia-se suavemente, cedendo espaço ao eco harmonioso de suas vozes, que se entrelaçavam como um dueto celestial nas recordações de um amor que enfrentara as turbulentas águas da existência. A atmosfera ao redor transformou-se em uma espécie de cápsula temporal, na qual as narrativas pessoais criavam um universo à parte, conferindo àquele instante uma beleza mágica.

Alice sentia uma gratidão profunda pela segunda chance que o destino lhe proporcionara e, principalmente, pela presença constante de Levi, seu guardião nas tempestades imprevisíveis da existência. Cada palavra trocada tornava-se um poema que ecoava no restaurante e reverberava através do tempo, imprimindo na memória de ambos a beleza eterna de um sentimento puro que resistira e florescera nas adversidades.

Os encontros que Alice e Levi tiveram depois daquele reencontro pareciam obra do destino. Aos poucos, a relação entre eles foi se aprofundando. Conversas longas, cheias de risos, lágrimas e confissões foram revelando o quanto tinham em comum – mais do que poderiam imaginar na juventude. Era como se o tempo tivesse fortalecido a ligação entre eles, tornando-a mais madura. Mas, apesar da conexão, havia momentos em que as diferenças sociais pesavam.

Numa tarde qualquer, sentados num café simples, uma conversa despretensiosa tomou outro rumo.

— Você já fugiu de mim duas vezes – disse Levi, com um sorriso. – Não quero que fuja de novo.

Alice sorriu de volta, mas, naquele momento, sentiu que precisava ser sincera, contar algo que guardava há muito tempo.

— Eu não vou fugir. Mas talvez... você queira fugir de mim depois do que vou dizer. Não quero esconder nada de você.

Levi franziu a testa, curioso.

— Que segredo é esse, tão grave assim? Duvido que exista algo capaz de me afastar de você.

Alice respirou fundo antes de falar:

— Quando era mais nova, vivi momentos muito difíceis – começou, com certa insegurança. – Trabalhei com prostituição. Duas vezes. A primeira, para ajudar em casa, porque pedir esmola nos semáforos não estava resolvendo. A segunda... porque a fome apertou de novo e eu não via outra saída. Eu sei que parece imperdoável, mas, às vezes, a vida empurra a gente para lugares que nunca imaginava seguir.

Levi congelou. As palavras ficaram presas na garganta. Depois de alguns segundos, respondeu:

— Prostituição? Alice... eu não consigo imaginar você nisso. Não tinha outro caminho? – Passou a mão pelo rosto, incomodado. – Me desculpa, mas é difícil para mim. Sua origem nunca foi problema, mas você sabe quem eu sou, a família que tenho, os sócios... E se isso vier à tona...

Alice o interrompeu, firme:

— Se isso te envergonha, Levi, é melhor a gente parar por aqui. Não quero estar com alguém que sente vergonha de quem eu fui.

— Não fala assim – pediu ele, meio perdido. – Eu só... não esperava por algo assim.

— Nossos mundos sempre foram diferentes – disse ela, a voz firme. – Sou filha da pobreza. Meu irmão se envolveu com o tráfico. Eu sabia que uma hora isso ia pesar.

— Alice, espera. Me dá um tempo para digerir isso.

— Não é questão de tempo. É quem eu sou, Levi. E se isso é um problema, acho melhor seguirmos caminhos diferentes.

Ela se levantou, pegou a bolsa e saiu sem olhar para trás. Levi ficou ali, imóvel, sentindo mais um vez o peso da perda .

Passou uma semana. Sete dias longos e silenciosos. Levi entendeu que não podia simplesmente deixá-la ir. Sabia que não seria fácil, mas estava disposto a viver um dia de cada vez com ela.

Quando Alice saía do escritório, ele estava lá, esperando.

— Alice – chamou, a voz meio embargada. – Precisamos conversar.

— Já não falamos tudo?

— Não. Faltou eu dizer que não ligo para o seu passado. Você é a mulher que eu amo. E é com você que quero estar.

Ela desviou o olhar, desconfiada.

— Vai procurar uma *socialite*, Levi. A maravilhosa Clara... A sua família, seus amigos e seus sócios vão aceitá-la de olhos fechados.

— Eu não quero a Clara. Nem *socialite* nenhuma. Eu quero você.

Sem dar tempo para ela responder, Levi se aproximou e a beijou. Um beijo que dizia tudo o que ele não conseguia colocar em palavras.

— Vamos nos dar uma chance – sussurrou ele.

Alice respirou fundo, emocionada.

— Não é fácil, Levi. Não é um passado que se apaga. E a diferença entre a gente sempre vai estar aí.

— Eu não disse que seria fácil. Só disse que quero enfrentar tudo isso com você.

Ele estendeu a mão. Alice olhou para ele por um instante que pareceu eterno. Então, sem dizer nada, segurou a mão dele.

Eles foram embora juntos naquela noite.

A decisão de ficarem juntos não apagou as dificuldades, mas fortaleceu o amor que sentiam. E, com o passar dos anos, não foi só a vida financeira que prosperou – o relacionamento deles também amadureceu. O próximo passo era inevitável: o casamento.

Planejaram duas cerimônias. A família Capozzi quis uma festa grandiosa, cheia de pompa.

Mas Levi e Alice sabiam que, para eles, o que realmente importava era o que estavam construindo – um amor que tinha superado barreiras muito maiores do que qualquer festa poderia representar.

O palco do primeiro matrimônio foi reservado em meio à deslumbrante Itália, na majestosa mansão dos familiares do noivo. O local, distinto em suas paisagens pitorescas, oferecia vistas espetaculares das vinícolas, e criou um cenário que parecia ter sido meticulosamente extraído de um filme romântico de época.

Alice estava encantadora em um vestido branco elegantemente desenhado, que deslumbrava com sua beleza, enquanto Levi, impecável em seu traje, aguardava ansiosamente a hora de trocar votos sob o sol generoso da Itália.

O aroma envolvente de flores frescas permeava o ambiente, e o som suave da música ao vivo flutuava no ar, criando uma aura mágica que se entrelaçava com a felicidade estampada nos rostos dos noivos e dos convidados. Cada detalhe, desde a iluminação suave até a atmosfera romântica, contribuía para a construção de um capítulo memorável e encantador na história do casal.

Marcelo, tomado pela emoção, conduziu sua mãe até o altar ao som envolvente de "*Time to say goodbye*", de Andrea Bocelli e Sarah Brightman. Seus passos eram uma dança sincronizada com a melodia que ecoava na majestosa atmosfera. Fernando, segurando as alianças com um sorriso que traduzia pura alegria, fez sua entrada triunfal, acrescentando uma nota radiante à sinfonia emocional.

Entre lágrimas de felicidade e sorrisos genuínos, uma melodia singular se espalhou pelo ambiente, dando um toque especial ao sagrado matrimônio. Parentes e amigos, testemunhas desse capítulo especial na história de Alice e Levi, formavam um coro celestial que elevava a atmosfera a um patamar de encantamento. As lágrimas, os sorrisos e olhares trocados entre os presentes eram uma contribuição vital para a partitura da celebração, tornando a experiência tão rica e vibrante como uma linda sinfonia.

Quando o oficiante proclamou Levi e Alice como marido e mulher, Levi, imerso em um oceano de emoções, viu-se incapaz de reprimir as palavras que fervilhavam em seu coração:

— Este é o dia mais feliz da minha vida, Alice! – comentou ele, segurando a mão dela com carinho.

Alice respondeu com os olhos brilhando de emoção.

— É mais do que eu poderia ter sonhado, meu amado! Estou tão feliz!

As palavras dos apaixonados eram como a trilha sonora que preenchia o ambiente, ecoando o sentimento compartilhado com os presentes. Os abraços e cumprimentos entre familiares e amigos celebravam a alegria que irradiava daquele momento único.

Marcelo se aproximou do casal com um sorriso afetuoso.

— Parabéns, a vocês dois! Que essa jornada seja repleta de felicidade!

Levi apertou a mão de Marcelo e disse:

— Somos uma só família! E este é apenas o começo de uma incrível jornada. Ainda pretendemos dar um irmão ou irmã a vocês, não é, Alice?

— Claro que sim!

— Então está decidido! – respondeu Levi com um sorriso de satisfação.

— Que ótimo! Adoro a ideia de ter um grande lar! – disse Marcelo, abraçando a mãe e o padrasto.

— Somos uma só família agora – disse Levi, emocionado. – E este é só o começo da nossa história. Quem sabe logo a gente não dá a vocês um irmãozinho ou uma irmãzinha, não é, Alice?

— Claro que sim – respondeu ela, sorrindo.

Levi abriu um sorriso largo, satisfeito.

— Então está decidido!

Marcelo, com os olhos brilhando, completou.

— Que legal! Sempre quis ter uma família grande.

Eles riram juntos, e o clima era de pura felicidade – até que uma voz inesperada quebrou o momento.

— Que cena emocionante... Até derramei lágrimas – disse Afonso, surgindo de repente. – O príncipe encantado encontrou o sapatinho da Cinderela. Agora é só esperar pelos muitos filhos e o "felizes para sempre".

Levi respirou fundo, tentando manter a calma.

— Afonso, não estraga esse momento. É importante pra mim.

— Você acha mesmo que eu vou aceitar essa mulherzinha na nossa família? – Afonso retrucou, com desprezo.

— Eu exijo respeito, Afonso. E, sinceramente, quem foi que disse que a sua opinião importa aqui? – rebateu Levi, firme. – Não tô nem um pouco preocupado com o que você pensa. Tenho a bênção dos nossos pais, e isso basta. Se não consegue ficar feliz por mim, a porta é logo ali, meu irmão.

O homem lançou um último olhar de desdém e saiu sem dizer mais nada.

Levi puxou Alice para um abraço apertado.

— Me desculpem por isso. Meu irmão é só um *playboy* mimado que nunca precisou lutar por nada.

Alice acariciou o rosto dele, carinhosa.

— Levi, a gente já enfrentou tanta coisa pra chegar até aqui. Se sobrevivemos a tudo, não vai ser um comentário amargo que vai nos derrubar. Agora vamos aproveitar nossa festa.

— Vamos, amor – ele disse, sorrindo de novo.

O mal-estar passou como uma nuvem rápida, e Levi e Alice trocaram olhares cheios de promessas silenciosas. O casamento não era só uma celebração – era o começo de uma nova vida. Cada palavra, sorriso e gesto pareciam eternizar aquele dia na memória deles.

Levi e Alice trocaram olhares cheios de promessas e expectativas para o futuro. O casamento, mais do que uma cerimônia formal, era o início de uma nova e emocionante fase da realação. Cada palavra, sorriso e gesto tornavam aquele dia inesquecível.

O segundo enlace sagrado aconteceu na praia privativa de Levi, em Angra dos Reis – Rio de Janeiro, um recanto onde o calor tropical e a energia efervescente do entorno se entrelaçavam à celebração. Alice, em sintonia com o clima mais descontraído, escolheu um vestido etéreo, dançante como as brisas marítimas. Já Levi vestia trajes que ressoavam a descontração e a alegria da paisagem litorânea.

Os votos, pronunciados ao som envolvente de "Eu sei que vou te amar", de Vinicius de Moraes e Tom Jobim, tornaram-se uma melodia que se harmonizava ao suave sussurro das ondas, testemunhas serenas dessa experiência única e inesquecível. Para essa ocasião especial, Alice fez questão de estender convites a Dona Maria, Margarete e outros queridos amigos do Morro do Sapo, transformando o evento em uma autêntica celebração comunitária.

O irmão Marcos, gêmeo de Leo, consolidava os laços com a família, desempenhando um papel ativo em ambas as festividades. Sua participação evidenciava uma conexão cada vez mais profunda com Alice. Cada detalhe da cerimônia simbolizava a união do casal e traduzia a integração de suas vidas com as pessoas e os lugares que moldaram suas histórias, transformando o momento em um testemunho do poder transformador do amor.

Ambas as cerimônias refletiam a diversidade e a riqueza do afeto que construíram ao longo dos anos. E as fotografias capturavam a intensidade do sentimento compartilhado entre Levi e Alice. Entre sorrisos, lágrimas de alegria e abraços calorosos, o casamento tornou-se um marco na história que continuavam a escrever juntos.

Os anos passados desde aquele restaurante resumiram-se a esse capítulo sublime, onde o compromisso de fidelidade foi selado não uma, mas duas vezes, em locais que ecoavam a jornada extraordinária de Levi e Alice.

A parceria entre eles era inegável, mas Alice fez questão de manter a individualidade nos projetos que considerava mais pessoais. A empresa Palha e Trança, por exemplo, cresceu e ganhou visibilidade mantendo a originalidade e as raízes. Mesmo conquistando espaço no mundo da moda, ela nunca deixou de investir nos projetos que tinham como modelos as crias da comunidade do Sapo. Era uma forma de mostrar o valor daquelas jovens e, ao mesmo tempo, dar oportunidade de trabalho para meninas que eram frequentemente assediadas pelo tráfico local. A iniciativa deu tão certo que algumas delas seguiram carreira internacional.

Os filhos, agora unidos de forma inextricável em suas vidas, trouxeram uma nova dimensão à narrativa. Levi abraçou cada um deles, proporcionando oportunidades e uma educação que ampliou consideravelmente seus horizontes. A família expandida tornou-se o epicentro de alegrias, desafios e aprendizados constantes. E para completar o cenário, a chegada de uma menina – Lara – trouxe consigo uma onda de alegria que se estendeu por todos os cantos do lar.

O quarto da neném, meticulosamente decorado, transformou-se no santuário de sonhos e risos que preenchiam a casa. Era o eco suave do próximo capítulo na história deles, uma narrativa que se misturava com a inocência e a alegria de uma nova vivência, acrescentando profundidade e significado à trajetória da família.

O choro suave de Lara em sua primeira noite em casa transformou-se em uma melodia que embalava os corações de Levi e Alice.

Os primeiros passos, as primeiras palavras, tudo era celebrado como uma conquista compartilhada. A jornada da paternidade e maternidade uniu-os ainda mais, tornando a casa um refúgio de bons sentimentos.

Levi, ao segurar a filha nos braços, sentia uma profunda gratidão pela dádiva de ter um lar.

— Nossa casa nunca foi tão completa, Alice! Olhe para ela, como se parece com você!

Alice sorria, seus olhos refletindo a felicidade que transbordava de seu coração.

— Acho que se parece com você – respondeu a moça, vibrando de alegria.

A chegada da pequena trouxe alegria imensurável e renovou o compromisso de Levi e Alice de guiarem, com carinho e sabedoria, esse novo capítulo de suas vidas. Os risos de crianças e a ternura de pais dedicados criavam uma atmosfera de amor incondicional e apoio mútuo.

A acolhida calorosa por parte dos Capozzi, que inicialmente abrigavam receios decorrentes das diferenças sociais e étnicas, foi um testemunho vivo da força transformadora da afeição genuína. Nas entrelinhas do tempo, a trama se desdobrava, revelando um enredo entrecruzado por desafios e superações, em que o preconceito cedia espaço à dedicação incansável de Alice e Levi.

A mansão do casal, outrora impregnada pela distância entre mundos distintos, transformou-se em um cenário que refletia a harmonia de corações emaranhados. Os anseios iniciais, tingidos pela incerteza e pela desconfiança, deram lugar a uma aceitação calorosa e profunda. Suas jornadas, marcadas por desafios e resistências, dissiparam o véu do preconceito e consolidaram elos anteriormente frágeis. A narrativa, como uma tapeçaria intricada, evidenciou que o verdadeiro amor é capaz de transcender as barreiras impostas pela sociedade e pelas convenções. As palavras de desaprovação foram silenciadas pela evidência clara de que o coração, quando se abre para a genuinidade dos sentimentos, não se deixa limitar por diferenças externas.

Alice e Levi teceram uma história que desafiou as expectativas e demonstrou que as conexões autênticas são imunes às fronteiras que a sociedade tenta impor. No âmago dessa saga, a lição resplandecente era que, quando dois corações se encontram em sintonia, a aceitação e o entendimento prevalecem sobre qualquer forma de preconceito.

A família de Levi, por sua vez, desvendou a capacidade de enxergar além das aparências, descobrindo uma riqueza de valores que transcendeu as diferenças e uniu dois mundos que antes pareciam separados por abismos intransponíveis.

27 Entre reflexões e descobertas

O fim abre caminho para o recomeço.

Com os pés afundados na areia e o vento embaralhando seus cabelos, Alice pensava: sobreviver também é uma forma de arte. O som das ondas quebrando na margem fornecia uma trilha sonora serena para seus pensamentos. Era um daqueles raros momentos em que a rotina parecia desacelerar, convidando-a a mergulhar nas profundezas de sua própria jornada.

Ao olhar para trás, os desafios, as alegrias e as lágrimas emaranhavam-se como fios invisíveis que compunham o tecido de sua existência. As páginas que folheava mentalmente incluíam a dor por abandonar Marcelo, a luta para criar Fernando, as escolhas difíceis e o amor que se desfez e se refez. Sua mente, antes cheia de dúvidas, movia-se em direção à certeza.

— Olha só quem eu sou hoje! – pensou, deixando a afirmação flutuar como uma gaivota nas correntes de ar.

A introspecção trouxe à luz suas proezas e os triunfos pessoais de Alice. Ela reconheceu em si a coragem e uma força interna de proporções hercúleas, impulsionando-a a enfrentar todo tipo de adversidade. Desde a enfermidade da mãe até o difícil período de luta contra a doença de Fernando, e culminando na decisão corajosa de seguir em frente após o término com Levi, foram episódios que testemunharam a sua resiliência.

Enquanto as ondas continuavam seu eterno balé, Alice sentiu uma profunda gratidão pela jornada até ali. Até os dias que doeram ajudaram a construir aquela que agora sorria sem medo.

O barco do marido se aproximava lentamente – como tudo que é verdadeiro: sereno, firme, inevitável. Na areia, os filhos corriam, radiantes, ao encontro da chegada. O cenário era pintado por tons dourados do entardecer, refletindo uma paz que invadia sua alma. Um sorriso se desenhou nos seus lábios em resposta ao reencontro com a família e como um sinal de acolhimento ao futuro que ali se desenhava.

A brisa marinha trazia consigo o aroma salgado do mar e a promessa de novos começos. Ali, naquela paisagem idílica, Alice sentiu-se conectada com a vastidão do universo e com as possibilidades que se estendiam diante dela. Era como se as ondas que beijavam a costa carregassem consigo a energia de renovação, e a areia sob seus pés testemunhasse os passos firmes de alguém que havia trilhado um caminho repleto de desafios e superações.

Com o olhar perdido nas águas calmas, Alice mergulhou em reflexões mais profundas. Reconheceu, com uma clareza renovada, que a verdadeira magia residia na jornada de autoconhecimento que estava prestes a empreender. Os desafios superados, as lágrimas derramadas e os risos compartilhados compunham as páginas de um livro único, escrito com a tinta da resiliência e da determinação.

A presença de Levi transcendia o mero encontro de corpos; ele era a encarnação de significado e enriquecimento na narrativa complexa que compunha a sua história. Um personagem notável, que desempenhava um papel crucial em cada novo episódio da sua existência. Era como se a trilha sonora ganhasse profundidade e novas *nuances* sempre que o seu esposo entrava em cena, deixando uma marca indelével nas páginas de suas memórias.

Agora ela compreendia que a relação não se limitava a momentos mágicos, mas residia na capacidade de ambos amadurecerem, de evoluírem como indivíduos e como casal. Sempre unidos, poderiam abraçar as oportunidades de crescimento pessoal que surgiam ao longo do caminho.

Assim como os personagens de uma obra-prima literária, Alice e Levi eram protagonistas e coautores dessa história única. Cada novo capítulo contribuía para a trama complexa que se desdobrava diante deles. A profundidade desse amor, moldado pelas estações da vida, fazia com que a jornada deles fosse mais do que uma simples história romântica; era uma epopeia de descobertas, de aprendizados e de uma força que resistia às intempéries do tempo.

O entendimento de Alice ia além da superficialidade das paixões efêmeras. Ela compreendia que o sentimento genuíno não se limitava aos momentos de êxtase, mas se revelava na capacidade de enfrentar as adversidades com resiliência e na disposição constante de evoluir como indivíduos e como parceiros.

À medida que as vozes se aproximavam, leves e animadas, Alice sentiu uma serenidade reconfortante envolvê-la. Seus passos firmes na areia eram como marcações de uma nova etapa em que ela seria a protagonista, autora e narradora de sua própria história.

O porvir desdobrava-se como um pergaminho em branco, aguardando ansiosamente para ser adornado com as pinceladas vibrantes de novas aventuras e descobertas. Como habilidosos escribas do destino, Alice e Levi persistiam na arte de traçar as linhas douradas de capítulos inesquecíveis, formando um enredo repleto de significado, aprendizado e amor.

Cada novo ato, cuidadosamente arquitetado, era um poema enigmático escrito com a tinta do coração, enaltecendo a beleza singular da narrativa compartilhada por essas almas entrelaçadas. O tempo, que muitas vezes é considerado um mero espectador indiferente, tornava-se cúmplice desse romance eterno, testemunhando a evolução de uma história que transcendia os limites do efêmero, transformando-se em um legado imortal de amor e crescimento mútuo.

— Às voltas que a vida dá e ao nosso amor, que só cresceu com o tempo – murmurou Levi, erguendo a taça em um gesto de celebração.

Alice sorriu, com um olhar apaixonado.

— À nossa história, repleta de capítulos apaixonantes e surpreendentes, que nos fizeram quem somos hoje.

E assim, envolvidos pelo calor do entardecer, Alice e Levi trocaram olhares cheios de promessas e esperanças.

Nos dias que se seguiram, a realidade continuou a tecer sua trama cotidiana, marcada por momentos de alegria e desafios. Juntos, enfrentavam cada revés para fortalecer a conexão e o entendimento mútuo.

Os anos que vieram não seguiram linha alguma. Vieram como a vida vem para quem não tem mapa – em curvas, tropeços, silêncios profundos... Mas também em gargalhadas que cortavam a tarde, e em mãos que se buscavam no escuro sem dizer palavra.

Alice entendeu, com o tempo, que certas dores não partem. Elas apenas aprendem a se sentar quietas num canto da alma.

E que amar, de verdade, é erguer abrigo com o que sobra – mesmo quando o telhado ainda pinga, mesmo quando a noite volta antes da hora.

Ela e Levi não tinham promessas eternas, mas tinham a escolha diária. E isso bastava.

Às vezes andavam lado a lado. Outras, um puxava o outro. E havia dias em que só restava esperar – mas juntos.

Alice já não precisava provar mais nada. Já era. Inteira. Feita de cicatriz e ternura. De quedas e permanência.

O amor por Levi era parte da sua história, mas não era toda a história. Ela sabia – e aceitava – que o que a trouxe até ali fora a força teimosa de sobreviver. Com ou sem ele, sua essência permaneceria intacta.

Não sabia o que viria – e, pela primeira vez, isso era liberdade. O caminho à frente ainda era incerto. Mas era dela. E isso, por fim, bastava.

Ainda se pegava, às vezes, revendo os primeiros croquis da Palha e Trança. Relia, orgulhosa, as matérias que saíam nos jornais e se espantava com as encomendas que, antes tímidas, agora mal conseguiam ser atendidas. Lembrava das dificuldades que enfrentou sendo uma mulher negra empreendedora – e da mistura de borboletas no estômago ao pisar, pela primeira vez, na passarela de um evento internacional de moda para apresentar seu trabalho. Era transformador levar ao mundo as peças criadas pelas talentosas mulheres que, como ela, haviam aprendido a transformar dor em beleza. Nem sempre era fácil conciliar tudo, mas ali existia um tipo de liberdade que nenhum diploma podia oferecer.

A janela continuava lá. E Zefa também. Agora via menos – a visão cansava. Mas, às vezes, nos dias de sol, enxergava uma menina de trança atravessar o beco com os livros apertados contra o peito.

Não era Alice. Era outra. Uma que ela lembrava ainda pequena, perdida, quieta demais. Diziam que quem ajudou foi a tal advogada do morro – aquela que também veio dali.

A nova menina andava ligeira, com passos decididos. Usava sapatos gastos, mas o andar era de quem sabia para onde ia.

A senhora de cabelos de prata observava sem dizer nada. Mas, por dentro, sorria.

— Vai longe, essa aí – murmurou, com a voz que o tempo não apagou.

E então fechou as cortinas. Pela primeira vez em muito tempo, podia descansar os olhos.

O silêncio que carrego

Meu pequeno bebê, me perdoa.

Eu começo assim, porque não sei se existe outra forma de te escrever. Me perdoa por não ter conseguido te trazer ao mundo. Me perdoa por ter escolhido não continuar com sua vida dentro de mim, mesmo que, por dias, você tenha crescido ali, silenciosamente.

Você veio de um momento que não foi de amor, mas de dor. Você nasceu de um ato violento, de uma noite que partiu algo dentro de mim. E isso não é culpa sua. Você não teve escolha. Assim como eu também senti que não tinha.

Durante semanas, carreguei você com medo, com confusão, com o coração dividido entre a culpa e o instinto de sobrevivência. Queria que o mundo fosse outro. Queria ter te conhecido em outro tempo, em outro corpo meu, um corpo inteiro, forte, pronto para te receber com festa. Mas eu estava ferida. Tão profundamente que mal conseguia respirar. E quando decidi interromper sua breve existência, não foi por falta de sentimento. Foi por não querer que você começasse sua vida a partir da minha dor.

Eu chorei, meu amor. E ainda choro, às vezes. Não porque me arrependo de ter tentado me salvar, mas porque sei que, no meio disso, perdi você, um pedaço meu que nunca vai existir.

Se alguma parte sua vagueia por aí, que ela saiba disso: que eu desejei paz para você, mesmo antes de poder dizer seu nome. Que você foi lembrança antes de ser forma. E que, mesmo sendo fruto de algo cruel, você não era maldade. Você era inocência. E por isso, você merecia mais do que eu podia dar.

Carrego você comigo, em silêncio, em oração, em perdão.

Com todo o amor que não soube oferecer,

Alice

Epílogo

Meu nome é Alice

E se você chegou até aqui, talvez também tenha sobrevivido a algo. Bem-vindo.

Histórias não acabam, só mudam de tom.

Nunca gostei de despedidas. Mas hoje eu entendo: algumas são só novos começos disfarçados.

Não sei dizer quanto tempo passou desde o dia em que corri pela primeira vez do medo, com os pés descalços no asfalto quente, segurando a mão do meu irmão. Às vezes, ainda sinto o peso daquele instante, como se o mundo todo tivesse resolvido cair sobre os meus ombros de menina. E caiu mesmo.

Eu só não deixei que ele me esmagasse.

Enquanto eu sobrevivia à luz dura dos tribunais e dos becos, ele escolheu a sombra.

Das Sombras

Ele não tem nome fixo. Não aparece em fotos. Nem nas notícias. Mas ordens continuam partindo de sua voz – sempre firme, sempre invisível.

Há quem diga que sumiu. Que morreu no incêndio. Que virou lenda.

Mas quem realmente conhece as ruas sente quando ele passa – ainda que não o veja. Ele observa de longe. Cuida do que considera "seu".

E se, por acaso, alguém ameaça o equilíbrio, a resposta vem rápida. Silenciosa. Precisa.

Alice (continuação)

Meu nome já foi sussurrado com amor, gritado com raiva, esquecido por gente que me usou e lembrado por gente que me salvou.

Hoje, ele está numa placa de madeira acima da porta de um pequeno centro de apoio jurídico no alto do morro – "Projeto Alice: Justiça para Todos".

Dizem que a vida é feita de escolhas. Mas nem sempre a gente tem o luxo de escolher.

Eu fui forçada a sobreviver, a vender partes de mim pra alimentar outras.

Mas nunca vendi minha esperança.

Nem minha vontade de mudar o final da história.

Topete... você ainda me visita nos sonhos, como um sussurro que o tempo não apaga. Nosso filho carrega o teu sorriso e a minha teimosia.

Ele não sabe – ou talvez saiba – que seu destino foi traçado por uma força sábia: aquela que move tudo, que não faz o que nos cabe, mas sustenta quando tudo pesa demais.

Tantas outras crianças vivem na sombra do silêncio. Mas resistem. Emergem do impossível.

É por elas que permaneço.

Das Sombras (continuação)

Alguns o temem. Outros o seguem com devoção. Mas ninguém esquece.

No fundo de si, carrega nomes que já não pode dizer em voz alta.

E rostos que jurou nunca mais machucar.

Pensa nela.

Na irmã que acreditou em sua mudança até o fim.

E, às vezes, pensa nele também – no irmão de olhos espelhados, que poderia ter sido seu reflexo num outro destino.

Dois lados da mesma moeda.

Um juiz. Um fugitivo.

Ambos moldados pela mesma origem, separados pelas escolhas – e por um silêncio que protege os dois.

Nas sombras, ele permanece.

Não como um homem livre.

Mas como alguém que desapareceu para continuar mandando.

E para, quem sabe um dia, ser lembrado por outra razão.

Alice (final)

Às vezes me perguntam como eu consegui. E eu respondo com outra pergunta:

— E como é que a gente vive sem tentar?

Talvez minha maior vitória não tenha sido o diploma, nem o emprego, nem a voz que hoje ecoa em espaços onde antes eu era silenciada.

Talvez tenha sido apenas uma coisa: não ter desistido de ser eu, mesmo quando tudo ao meu redor mandava que eu fosse outra.

Se você está lendo isso e se sentindo pequeno, escuro, sozinho – escute com atenção:

Você não está só. E você não é pouca coisa.

Meu nome é Alice. E o seu?

Ela fechou o caderno onde por anos semeou versos.

Sorriu ao encarar a folha gasta, bordada de palavras tortas, valentes. Lá fora, a vida seguia – diferente, talvez, mas sob o mesmo céu, nas mesmas esquinas, pronta para recomeçar.

Nota da autora

Esta é uma obra de ficção.

Todos os personagens, eventos e lugares aqui retratados são fruto da imaginação da autora. Qualquer semelhança com pessoas reais, vivas ou falecidas, ou com acontecimentos verdadeiros, é mera coincidência.

Os nomes e as histórias contadas neste romance pertencem ao universo da literatura e servem apenas ao propósito de dar forma a uma narrativa fictícia.

Ainda que possa dialogar com temas reais, este livro não tem a intenção de representar ou retratar fielmente qualquer indivíduo, comunidade ou instituição.

Formato	15,5 x 21,5 cm
Mancha gráfica	11,5 x 16, 5 cm
Papel	Off Set 90 (miolo), cartão supremo 250g (capa)
Fontes	Elsie regular 18/22 (títulos),
	Garamond 12/16 (textos)